Manuel

Wer nicht vergessen kann, muss töten

Herstellung und Verlag:
BoD- Books on Demand, Norderstedt
ISBN: 978-3-7357-2154-9

Autorin

Manuela Kusterer, in Pforzheim geboren, Jahrgang 1964, lebt heute mit ihrem Mann und ihren zwei erwachsenen Söhnen in der Nähe von Karlsruhe. Ihr Krimi spielt in Karlsruhe und Pforzheim. Außerdem hat sie die Krimiserie „Lea und ihr Team" geschrieben. Die vier Regionalkrimis spielen im Nordschwarzwald.
Ihr Roman „Die Liebe, das Leben und die täglichen Katastrophen" und die Fortsetzung davon, spielen in Pforzheim.

Besuchen Sie die Autorin im Internet
www.manuelakusterer.com
oder in Facebook:
@autorinmanuelakusterer

Buch

Privatermittler Andreas Stahl bekommt einen Drohbrief. Acht Wochen danach verschwindet seine Frau spurlos. Die Polizei unternimmt nichts, da keine Anzeichen auf ein Verbrechen vorliegen. Wegen ihrer Ehekrise denkt Andreas zunächst, dass sie ihn verlassen hat. Als ihm dann der Brief wieder einfällt, ist er fest davon überzeugt, dass sie nicht mehr am Leben ist. Hat das Verschwinden von ihr mit der Drohung zu tun, dass er alles verlieren wird, was ihm lieb ist?

In Pforzheim wird eine Frau tot in ihrem Schlafzimmer aufgefunden. Es dauert nicht allzu lange, da gibt es das nächste Opfer. Auch diese Frau wurde auf grausame Art und Weise ermordet. Das Pforzheimer Polizeiteam ermittelt in den Mordfällen. Wird es noch weitere Morde geben?

Als Stahl einen verzweifelten Anruf seiner totgeglaubten Frau bekommt und sie ihn um Hilfe bittet, beginnt Andreas die Suche nach ihr. Die Spur führt ins Ausland.

Im Zuge der Ermittlungen kreuzen sich die Wege des Detektivs aus Karlsruhe und der in den Mordfällen ermittelnden Polizeibeamten. Hat das Verschwinden von Margarete etwas mit dem Fall zu tun? Wird Andreas seine Frau rechtzeitig finden?

Dieses Buch widme ich meinem Sohn

Nico

August 2018

Der Anruf

Andreas Stahl schreckte auf, als das Telefon klingelte. War er doch tatsächlich auf dem Sofa eingeschlafen, nachdem er doch gerade erst gefrühstückt hatte. Das lag wohl daran, dass er zurzeit zu viel Alkohol konsumierte. Es verging kein Abend, an dem er nicht mindestens eine Flasche Wein zu sich nahm. Fluchend sprang er auf. Fast wäre er wieder zurück aufs Sofa gefallen, weil ihm dabei schwindelig geworden war. Wo zum Teufel war das Telefon? Schließlich fand er es, bedeckt mit einem Sofakissen, auf dem anderen Teil der Sitzgarnitur. Andreas drückte auf die entsprechende Taste, um das Gespräch anzunehmen.
Da er nichts hörte, dachte er schon, dass der Anrufer aufgelegt haben könnte, als er ein Flüstern vernahm.
»Andi, bitte hilf mir.«
Sofort war er hellwach. Wie ein Blitzschlag durchfuhr es ihn. Das war doch die Stimme seiner Frau, die seit vier Monaten vermisst wurde. Andreas hatte die Hoffnung, dass sie noch leben könnte, schon aufgegeben. Als er sich wieder gefangen hatte, schrie er ins Telefon: »Um Himmels willen,

Margarete. Du lebst? Wo bist du denn um alles in der Welt?«

Aber anstelle einer Antwort hörte er plötzlich nur ein klatschendes Geräusch, das sich wie eine Ohrfeige anhörte, dann den schmerzerfüllten Schrei von Margarete und schließlich einen Knall, als ob das Telefon auf einem harten Boden aufgeschlagen wäre. Dann war alles tot. Kein Laut war mehr zu hören. Entsetzt schrie er ins Telefon: »Was ist los? Was ist passiert? Wer war das? Wo bist du?« Bis er schließlich merkte, wie sinnlos sein Verhalten war, weil die Verbindung getrennt worden war. Verzweifelt starrte er das Telefon in seiner Hand an. Er brauchte ein paar Sekunden, um sich zu fangen, dann tippte er panisch auf der Tastatur herum, um zu sehen, ob es eine Nummer des anderen Teilnehmers anzeigte. Aber da stand nur „private Nummer". Was sollte er tun? Zur Polizei gehen? Von denen hielt er sowieso nicht allzu viel. Und wozu war er schließlich Privatermittler. Das wäre ja nochmal schöner. Gut, seine Ehe war so gut wie am Ende gewesen, sonst hätte er nichts mit der Freundin seiner Frau angefangen. Aber nachdem Margarete dann spurlos verschwunden war, kam zu der Sorge, dass sie einem Verbrechen zum Opfer gefallen sein könnte, noch die Tatsache, dass er sie mit jedem Tag mehr vermisste.

Zwanzig Jahre Ehe waren nicht so einfach aus dem Gedächtnis zu streichen. Da konnte ihm auch Angela, seine Geliebte, nicht helfen. Sie ging ihm sogar in letzter Zeit immer mehr auf die Nerven. Wollte die sich doch tatsächlich hier bei ihm einnisten. Er war nicht wohlhabend, also, das konnte nicht der Grund dafür sein. Seine Frau und er hatten eine schöne Eigentumswohnung, sehr komfortabel eingerichtet, aber im Moment war doch alles eher schmuddelig und unaufgeräumt. Doch das interessierte Angela überhaupt nicht. Tatsache war, dass sie schon immer scharf auf ihn gewesen war. Sie war die Freundin seiner Frau und hatte in den letzten zehn Jahren immer wieder versucht, ihn zu verführen. Schließlich war ihr das dann auch vor ungefähr einem Jahr gelungen, als er und Margarete gerade eine Ehekrise durchmachten. Seitdem hatten die beiden ein lockeres Verhältnis miteinander, von dem seine Frau nichts wusste. Für ihn war das so ganz bequem und er war sehr zufrieden mit der Situation gewesen, aber Angela drängte immer mehr, dass er sich von Margarete trennen solle.

Ihn durchfuhr ein schrecklicher Gedanke, ob seine Freundin womöglich etwas mit dem Verschwinden seiner Frau zu tun haben könnte? Sogleich schalt er sich aber, dass das Blödsinn sei. Er würde noch verrückt werden. Er musste sich jetzt ganz schnell zusammenreißen, wenn er ihr helfen wollte. Schließlich war es sein Beruf, Leute zu finden. Nur war er nun leider selbst emotional betroffen und konnte keinen klaren Gedanken fassen. Aber die Polizei würde er zumindest vorerst aus dem Spiel lassen.

Also, was konnte vor vier Monaten passiert sein? Wurde sie womöglich entführt? Aber es kam nie eine Lösegeldforderung. Wozu auch? Bei ihm war nichts zu holen. In letzter Zeit war er immer mehr zu der Ansicht gelangt, dass seine Frau ihn wohl einfach nur verlassen hatte. Davon war auch die Polizei ausgegangen, nachdem er ihnen damals von ihren Eheproblemen erzählt hatte. Rein gar nichts hatte die unternommen, weil kein Hinweis auf ein Verbrechen vorlag. Er selbst war mit seinen Nachforschungen auch nicht weitergekommen. Schließlich hatte er aufgegeben und sich mit der Situation abgefunden.

So nach und nach hatte sich Angela in den letzten Wochen immer mehr in sein Leben eingeschlichen. Seit zwei Wochen verbrachte sie jede Nacht bei ihm, obwohl sie ihre eigene Wohnung hatte, die sich ebenfalls in Karlsruhe befand.

Plötzlich ging ein Ruck durch Andis Körper. Ihm war gerade eingefallen, dass er vor einem halben

Jahr, genaugenommen acht Wochen vor dem Verschwinden seiner Frau, einen anonymen Drohbrief bekommen hatte. Dem er allerdings nicht allzu viel Bedeutung beigemessen hatte, weil so etwas schon des Öfteren vorgekommen war. Aber jetzt fiel es Andreas wie Schuppen von den Augen. Da musste ein Zusammenhang bestehen. Ihm wurde auf einmal ganz elend zumute, spürte er doch, dass sich Margarete in großer Gefahr befand. Er musste sie finden, bevor es zu spät war.

Sechs Monate früher

Andreas saß in seinem Arbeitszimmer, an einem massiven Schreibtisch aus Rotbuche, um seine Post durchzusehen. Er hatte es sich mit einem Kaffee bequem gemacht, eingehüllt in einen dicken Morgenmantel. Er hörte, wie sich seine Frau in der Küche zu schaffen machte und murmelte vor sich hin: »Die hätte jetzt aber auch einfach noch eine Weile im Bett bleiben können.«
Am Abend zuvor war ein heftiger Streit zwischen ihnen entstanden und sie hatten sich auch nicht mehr ausgesprochen, bevor sie schlafen gegangen waren.

Als ihm ein Brief besonders ins Auge stach, weil dieser nicht frankiert war, griff er danach, öffnete ihn mit einem vergoldeten Brieföffner und erstarrte. Das war eindeutig ein Drohbrief.

Hallo
Arsch1Och
Du Hast mein
LEBEN zerstoert
Dafuer wirst Du
büssen !!!
du wirst alles
Verlieren Was Dir
lieb ist ...
BALD !!!

Betroffen las Andreas die Zeilen. Die Buchstaben begannen vor seinen Augen zu tanzen. Der Schweiß brach ihm aus allen Poren. Warum versetzte dieses Schreiben ihn so in Panik? Er bekam schließlich mindestens einmal im Monat so etwas und das war noch nie ein Grund für ihn gewesen, seine Nerven zu verlieren. Aber dieses Mal spürte er instinktiv, dass der Verfasser dieses Briefes kein harmloser Spinner war. Beklommen wischte er sich mit der Hand über das Gesicht und überlegte fieberhaft. Für welche Verhaftungen war er in letzter Zeit verantwortlich gewesen? Meistens wurde er nur von Ehepartnern engagiert, die Angst hatten, dass ihre Partner sie betrügen könnten. Doch in letzter Zeit waren da auch einige Fälle dabei gewesen, bei denen mindestens eine Person durch seine Ermittlungen im Gefängnis gelandet war. Seufzend erhob er sich von seinem Stuhl, seine noch volle Kaffeetasse in der Hand, als die Tür des Arbeitszimmers plötzlich aufgerissen wurde. Vor lauter Schreck schwappte ihm die braune Brühe aus der Tasse und auf dem hellen, flauschigen Teppich zeichnete sich ein hässlicher Fleck ab. Margarete, die frisch gestylt und ausgehfertig im Türrahmen stand, keifte hysterisch los: »Bist du wahnsinnig? Was machst du denn da?

Pass doch auf.« Sie sah dabei reizend aus, mit ihren halblangen, lockigen blonden Haaren und ihrem schmalen, ebenmäßigen Gesicht. Nur bemerkte Andreas das schon lange nicht mehr. Jetzt hatten sich allerdings ein paar hektische rote Flecken auf ihrer normalerweise gleichmäßigen schönen, reinen Haut abgezeichnet.

Wütend starrte ihr Mann sie an. Im Gegensatz zu Margarete war er ungewaschen und sein Haarschnitt etwas verwachsen. Durch die dunklen Locken, die ihm wirr ins Gesicht fielen, sah er etwas ungepflegt aus. Aber er hatte sich gut gehalten, man sah ihm seine 45 Jahre nicht an. »Weißt du was? Du kannst mich mal gerne haben.« Mit diesen Worten drückte er sich an seiner Frau vorbei und verschwand wortlos im Bad, das sich direkt gegenüber seinem Arbeitszimmer befand. Zuvor hatte er noch den Drohbrief zerknüllt und in den Papierkorb geworfen.

Fassungslos starrte seine Frau ihm nach. So hatte sie ihren Ehemann noch nie erlebt. Meistens ignorierte er sie in letzter Zeit. Wenn sie ihm etwas erzählte, hörte er nicht richtig zu und auch sonst ereignete sich momentan nicht allzu viel Positives in ihrem gemeinsamen Leben. Aber er war bisher nie ausfällig geworden. Nachdenklich verließ Margarete das Haus, um sich in der Innenstadt in einem Café mit ihren Freundinnen zu treffen. Sie hatte sich eine Woche frei genommen, da sie Urlaub abbauen musste. Die Werbeagentur, in der sie arbeitete, befand sich ganz in der Nähe ihrer Wohnung.

Die Hoffnung, dass ihr Mann und sie ein paar Tage wegfahren würden, hatte sie inzwischen schon aufgegeben, denn die halbe Woche war schon vergangen. Das war auch gestern der Anlass zum Streit gewesen.

Um wieder klar denken zu können, schüttete Andreas sich erstmal eine Handvoll Wasser ins Gesicht. So konnte es nicht weitergehen.

Vor einem halben Jahr hatte er eine Beziehung mit der angeblich besten Freundin von Margarete angefangen. Sie steckten damals schon in einer Ehekrise, als Angela dieses schamlos ausgenutzt und ihn verführt hatte. Es war auf einer Geburtstagsparty geschehen. Margarete hatte sich früh verabschiedet und war ohne ihn nach Hause gefahren. Er hatte aber noch keine Lust verspürt, zu gehen und ihr gesagt, dass er sich später ein Taxi nehmen würde. Dann aber hatte er sich mit mehreren Schnäpsen volllaufen lassen und war am nächsten Morgen bei Angela im Schlafzimmer aufgewacht. Erinnern, was in dieser Nacht passiert und wie er in ihre Wohnung gekommen war, konnte er sich nur ganz dunkel. Margarete fragte nicht nach, wo er die Nacht verbracht hatte, da sie davon ausging, dass er bei ihren Freunden Heinz und Bettina, bei denen auch die Party stattgefunden hatte, geblieben war. Und Angela schwieg ebenfalls.

Kurzentschlossen ging Andreas unter die Dusche und entschloss sich, wie schon des Öfteren, die Affäre mit seiner Geliebten zu beenden. Aber so einfach war das nicht, weil sie ihm schon mehrfach zu verstehen gegeben hatte, in diesem Falle alles auffliegen zu lassen. Er ließ kaltes Wasser über seinen Körper laufen und stöhnte auf. Wieso war er damals nur so blöde gewesen.

Immerhin war er nach der Abkühlung so klar im Kopf, dass er wieder denken konnte und nachdem der Schock über den Brief verwunden war, entschloss er sich, diesen zu ignorieren. So machte er es schon seit Jahren, wenn er solche Post bekam. Bestimmt war es auch dieses Mal nicht von Bedeutung. Wahrscheinlich hatte mal wieder jemand Langeweile gehabt. Er musste sich nun erst einmal um seinen Beruf kümmern und einen Ehemann beschatten. Seine Klientin wurde schon ungeduldig. Das war auch der Grund, weshalb er mit

Margarete im Moment nicht in den Urlaub fahren konnte. Nur hatte diese leider gar kein Verständnis dafür. Und schon war Andreas gedanklich wieder bei seinen Eheproblemen gelandet.

Als es an der Haustür klingelte, schaute Andreas irritiert auf seine Armbanduhr. Er hatte gerade das Bad geputzt, damit er nicht noch mehr Ärger mit seiner Frau bekommen würde und wollte sich nun eigentlich einen zweiten Kaffee gönnen. Heute war sein erster Termin erst für 11 Uhr geplant und jetzt war es gerade mal zehn. Er ging zur Sprechanlage und fragte unwirsch: »Hallo?«
»Ich muss mit Ihnen sprechen.«
»Wer sind Sie? Sie haben keinen Termin.« Fieberhaft überlegte Andreas, ob er vielleicht etwas vergessen hatte, als die Antwort des Fremden ertönte: »Nein, habe ich nicht, aber ich habe einen Auftrag für Sie. Lassen Sie mich jetzt herein oder soll ich mir jemand anderes suchen?«
Nach kurzer Überlegung - schließlich war noch eine Stunde Zeit -, antwortete er: »Also gut. Gehen Sie bitte die Treppe hinunter ins Untergeschoss. Dort befindet sich mein Büro. Ich komme gleich«, und drückte auf den Türöffner. Der Raum, der ihm als Büro diente, war gemietet. Eigentlich

gehörte dieses ausgebaute Zimmer, das sich neben den üblichen Kellerräumen befand, zur unteren Wohnung, aber der Besitzer hatte nicht die Absicht es zu nutzen und hatte Andreas vor ein paar Jahren angesprochen, ob er es haben wolle. Dieser hatte begeistert zugestimmt. weil sich in seiner Wohnung nur ein kleines Büro befand. Dort hatte er in den ersten drei Jahren, nachdem das Ehepaar in die Eigentumswohnung gezogen war, seine Klienten empfangen.

Fünf Minuten später war auch Andreas unten angekommen und betrachtete den Mann, der sich auf dem Besucherstuhl vor der Bürotür niedergelassen hatte und stellte fest, dass ihm dieser Fremde sehr unsympathisch war. Er war groß, hatte eine eher hagere Figur und wirkte ziemlich ungepflegt mit seinen lichten, braunen Haaren. Nun sprang er auf und streckte Andreas seine Hand entgegen mit den Worten: »Ich bin Thorsten Gruber und ich bin auf der Suche nach meinen leiblichen Eltern. Können Sie mir da behilflich sein?«
»Jetzt kommen Sie erst einmal in mein Büro. Das müssen wir ja nicht hier im Gang besprechen«, entgegnete Andreas, ganz entgegen seiner Gewohnheit, etwas mürrisch. Zu seinen Klienten war

er normalerweise immer höflich und zuvorkommend. Schließlich war er darauf angewiesen, Geld zu verdienen, damit sie sich die komfortable, teure Eigentumswohnung leisten und auch noch regelmäßig in den Urlaub fliegen konnten.

Nachdem er die Tür aufgeschlossen und Herr Gruber gegenüber seinem Schreibtisch Platz genommen hatte, bot er ihm dennoch etwas zu trinken an. Thorsten Gruber lehnte dankend ab, während er sich in dem kleinen Büro umschaute. Außer dem Arbeitsplatz und dem Stuhl davor gab es nur noch ein kleines, braunes Sofa in der Ecke und auf der anderen Seite befand sich eine Kiste mit Mineralwasser, neben einem kleinen, runden Beistelltisch mit drei Gläsern darauf. Andreas, der seinen Blick bemerkte, räusperte sich: »Ich wohne oben. Hier unten befindet sich nur das Büro.« Gleichzeitig ärgerte er sich darüber, dass er sich vor dem Mann auch noch für sein kleines Reich entschuldigte. Deshalb begann er das Gespräch auch etwas ungehalten: »Dann schießen Sie mal los? Was kann ich für Sie tun?«

»Das habe ich Ihnen doch schon gesagt«, erwiderte Gruber nicht weniger ruppig.

Andreas lehnte sich auf seinem Schreibtischstuhl, auf dem er inzwischen Platz genommen hatte, zurück, schaute Herrn Gruber nachdenklich an und meinte: »Sie suchen also Ihre leiblichen Eltern. Dann gehe ich davon aus, dass Sie adoptiert sind?«

»Ja, klar. Trauen Sie sich das zu?«

»Ich werde auf jeden Fall mein Bestes geben. Bis jetzt habe ich so ziemlich alle Aufträge erledigen können. Aber zunächst benötige ich einige Angaben von Ihnen.« Dabei verschwieg Andreas, dass es sich in der Regel meistens um Aufträge handelte, in denen er untreue Ehepartner ausfindig machen sollte.

»Was möchten Sie wissen?«

»Alles. Wo Sie geboren sind, wer Ihre Adoptiveltern sind und warum Sie jetzt erst Ihre leiblichen Eltern suchen.« Dabei schaute er den ungefähr dreißigjährigen Mann, der ihm gegenübersaß, fragend an.

»Also, ich bin in Pforzheim geboren und noch als Säugling zu meinen Adoptiveltern gekommen, die damals ebenfalls dort gewohnt haben. Als ich dann fünf Jahre alt war, sind wir hierher nach Karlsruhe umgezogen. Ich suche meine leiblichen Eltern erst jetzt, weil meine Adoptivmutter vor Kurzem gestorben ist. Angeblich wusste sie nichts von meiner Herkunft. Mein Vater ist schon vor längerer Zeit nach einer schweren Krankheit gestorben.« Man sah Thorsten bei diesen Worten an, wie sehr er immer noch um ihn trauerte.

»Okay, dann füllen Sie bitte dieses Formular aus. In welchem Krankenhaus Sie geboren wurden und Ihre aktuelle Adresse. Und natürlich alles, was Sie noch wissen, was mir die Suche erleichtern könnte. Und das hier lesen Sie sich bitte ebenfalls durch und wenn Sie mit meinem Honorar einverstanden sind, müssten Sie dieses Blatt ebenfalls unterschreiben. Dann werde ich mit den Ermittlungen beginnen.« Andreas legte zwei Formulare vor Thorsten Gruber hin und wartete, bis dieser sich alles durchgelesen hatte. Schließlich hob Thorsten den Kopf und meinte zögernd: »Beeilen Sie sich, meine Eltern zu finden, denn ich kann Sie mir nicht allzu lange leisten«, unterschrieb dann aber kurzentschlossen den Vertrag.

»Das mache ich immer«, antwortete Andreas kühl.

Nachdem der Mann gegangen war, blieb Andreas noch eine Weile grübelnd in seinem Arbeitszimmer sitzen. Warum war ihm dieser Mann nur so unsympathisch? Er hatte doch normalerweise nicht solche Vorurteile. Dazu kam noch, dass er wusste, dass es nicht einfach, wenn nicht sogar unmöglich werden würde, die leiblichen Eltern von Herrn Gruber zu finden. Aber er hatte es auch nicht fertiggebracht, den Auftrag abzulehnen. Er hatte zwar genug Klienten, so war es nicht, aber um den Lebensstandard, den Margarete und er hatten, halten zu können, reichte es nicht ganz. Allerdings spürte Andreas eine gewisse Bedrohung, die von dem Fremden auszugehen schien. Aber wahrscheinlich litt er schon unter Verfolgungswahn, wegen des Vorfalls von heute Morgen. Entschlossen erhob er sich, um endlich seinen wohlverdienten zweiten Kaffee zu genießen, bevor gleich sein nächster Klient käme.

Die Verabredung

Margarete kam etwas außer Atem bei ihrem Lieblingscafé in der Stadtmitte an. Sie hatte es vorgezogen zu Fuß zu gehen, da ihre Wohnung nicht allzu weit entfernt war. Beim Laufen konnte sie besser nachdenken. Außerdem hasste sie überfüllte Straßenbahnen. Während des kurzen Spaziergangs durch die Kaiserallee dachte Margarete mal wieder über ihre Ehe nach, wie so oft in letzter Zeit. Was war passiert? Sie waren in einer Sackgasse gelandet. Ihr Mann interessierte sich überhaupt nicht mehr für sie. So hatte es auf jeden Fall den Anschein. Er bemerkte nicht einmal, wenn sie beim Friseur gewesen war. Und die fünf Kilo, die sie abgenommen hatte, schienen Andreas auch nicht aufzufallen. Ob er vielleicht eine Geliebte hatte? Seufzend drückte Margarete die Eingangstür des Cafés auf. Sie hatte schon durch die Glasscheibe gesehen, dass ihre drei Freundinnen sich schon um den runden Tisch, direkt am Eingang, platziert hatten. Sie eilte darauf zu und blickte, als sie weiter in die Mitte des Raumes schaute, direkt in zwei blaue Augen eines unverschämt gutaussehenden, ungefähr vierzigjährigen Mannes. Dieser grinste sie unverhohlen an. Margarete musste wohl ziemlich verblüfft ausgesehen haben. Wahrscheinlich war ihr Gesicht auch von einer verlegenen Röte überzogen, denn ihre Freundinnen sahen sie erst erstaunt an und schauten dann ebenfalls in die Richtung des Mannes. Kichernd wandten sie sich wieder ihrer Freundin zu und spöttelten ein wenig.

»Na, du siehst ja aus, als habe dich der Blitz getroffen.«

»Was für ein Mann.«

»Dem hast du es aber angetan«, fügte Brigitte, die dritte im Bunde hinzu.

Das alles schien den Fremden aber nicht aus der Ruhe zu bringen. Abrupt setzte sich Margarete auf den freien Stuhl am Tisch, mit dem Rücken zu dem breitschultrigen, blonden Mann. Nun war natürlich die Stimmung in ihrer kleinen Runde gleich bestens und sie musste sich noch eine Weile einige freundschaftliche Bemerkungen anhören. Glücklicherweise ließ die Bedienung nicht allzu lange auf sich warten und kam an den Tisch, um ihre Bestellung aufzunehmen. Um dem weiteren Spott von Karla, Svenja und Brigitte zu entkommen, erhob sie sich gleich, nachdem die junge Frau davongeeilt war und murmelte vor sich hin: »Ich muss mal auf die Toilette.« Margarete bemerkte, dass sie auf dem Weg dorthin dummerweise direkt am Tisch des Traummannes vorbeigehen musste, aber es gab kein Zurück mehr. Deshalb zählte sie innerlich langsam auf drei und dachte: »Augen zu und durch.«

Als sie schon fast an ihm vorbeigegangen war, sagte dieser ganz leise: »Na, schöne Frau.«

Verunsichert blieb sie stehen, schaute ihn an und sagte mit zittriger Stimme: »Was soll das? Lassen Sie mich in Ruhe. Sie machen mich zum Gespött meiner Freundinnen.«

Die drei verrenkten sich die Köpfe. Leider konnten sie kein Wort von dem Gespräch der beiden verstehen.

»Okay, okay, ich lasse Sie sofort in Ruhe, wenn Sie mir versprechen, sich morgen um die gleiche Zeit hier mit mir zu treffen«, sagte der große Blonde nun.

Margarete wusste gar nicht wie ihr geschah, als sie wie ferngesteuert antwortete: »Einverstanden, aber nur, wenn Sie auf der Stelle das Café verlassen.«

»Aber gerne, ich muss nur noch bezahlen«, antwortete er grinsend.

»Übrigens, ich heiße Matthias.«

Margarete antwortete nichts und verschwand schnellstens hinter der Tür, die zu den Toiletten führte. Als sie nach fünf Minuten wieder herauskam, war ihr neuer Bekannter verschwunden. Ihre Freundinnen bestürmten sie natürlich mit vielen neugierigen Fragen, aber Margarete konnte das Gespräch schnell wieder in eine andere Richtung lenken, nachdem sie erklärt hatte, dass dieser unmögliche Mensch sie einfach nur verwechselt hatte. »Der hat gedacht, ich sei eine Schulfreundin, die er schon lange nicht mehr gesehen hat«, fügte sie noch als Erklärung hinzu. Das schienen ihr die Frauen dann auch tatsächlich zu glauben. Margarete blieb allerdings die nächste Stunde ziemlich schweigsam und hing ihren Gedanken nach. Natürlich würde sie morgen nicht hierherkommen. Sie war ja schließlich nicht vollkommen bekloppt. Aber was hätte sie schon sagen sollen. Es hatte wenigstens gewirkt. Matthias, wie auch immer er noch hieß, war verschwunden. Allerdings konnte sie nicht verhindern, dass ihr das Herz bis zum Halse klopfte und sie ein Kribbeln im Bauch verspürte, wenn sie an diesen Prachtburschen dachte. Und tief in ihrem Inneren wusste Margarete, dass sie eben doch morgen hier im Café erscheinen würde.

Juli 2018

Polizeirevier Pforzheim

Lea Sonntag verließ das Revier, überquerte die Straße und eilte die Stufen der Barfüßerkirche hinunter, die in die Innenstadt führten. Sie hatte Mittagspause und war tief in ihre Gedanken versunken. Das Leben könnte so schön sein, wenn ihr Kollege Klaus Barth nicht immer so sticheln würde. Nichts konnte sie ihm recht machen. Ansonsten verlief bei ihr zumindest privat momentan alles perfekt. Es war geradezu beunruhigend, dass alles so glatt lief, sinnierte sie weiter. Ihre Beziehung zu Alex war sehr harmonisch, ihr kleines gemeinsames Töchterlein Clara war unkompliziert und verzauberte seine Eltern jeden Tag aufs Neue. Ihr Chef Peter Baumann war auch sehr nett und verständnisvoll. Es hatte den Anschein, dass er sie mochte und das beruhte auf Gegenseitigkeit. Alles konnte wahrscheinlich nicht glattlaufen im Leben. Als Lea zu dieser Erkenntnis gekommen war, riss sie das Klingeln ihres Handys aus den Gedanken. »Sonntag«, nahm sie das Gespräch entgegen.
»Du musst sofort zurückkommen. Wir haben einen Mordfall«, meldete sich ihr Kollege Klaus.

»Mittagspause fällt heute aus«, fügte er noch hinzu.

Lea seufzte, ärgerte sich noch kurz über diese letzte Bemerkung, schluckte dann aber den Frust hinunter, schließlich ging es jetzt um Mord und private Belange hatten hinten anzustehen.

Nach wenigen Minuten betrat sie also wieder das Polizeirevier. Ihr Kollege erwartete sie schon, hielt sie am Arm fest und ließ ihr keine Zeit zum Nachdenken. »Wir müssen gleich fahren. In der Oststadt ist eine Frau in ihrem Bett tot aufgefunden worden. Sie scheint ziemlich verstümmelt zu sein.«

Resigniert gab Lea nach und machte auf dem Absatz kehrt, um mit Klaus zum Tatort zu fahren.

Zehn Minuten später kamen die beiden am Ziel an. Sie standen im Schlafzimmer und starrten fassungslos auf die Leiche. Lea musste sich beherrschen, um nicht auf die Toilette zu rennen. Ihr Magen begann zu rebellieren. Auch Klaus war ziemlich blass geworden. Was sie da zu sehen bekamen, war am Rande des Erträglichen. Nach ein paar Sekunden des Schweigens drehte sich Lea um, rannte in die Richtung, in der sie das Bad vermutete, stürmte hinein und schaffte es gerade noch bis zur Kloschüssel, um sich zu übergeben.

Glücklicherweise hatte sie gleich die richtige Tür gefunden, sonst wäre es zu spät gewesen. Nachdem sie etwas später am Waschbecken stand und sich das Gesicht gesäubert hatte, schaute sie in den Spiegel und erschrak. Wie sah sie denn aus? Klar war der Anblick der getöteten Frau grauenvoll gewesen, aber normalerweise kam sie mit so etwas gut zurecht. Nicht umsonst hatte ihr ehemaliger Kollege und jetziger Lebensgefährte ihr damals den Spitznamen „Eisprinzessin" gegeben. Es half alles nichts, sie musste zurück ins Zimmer gehen, in dem die Tote lag. Ihr reizender Mitarbeiter empfing sie auch sogleich mit den Worten: »Sind wir heute ein bisschen empfindlich? Ist vielleicht doch eher Männersache.« Er selbst hatte sich wieder gefangen, ging doch der Anblick der verstümmelten Frau auch an ihm nicht spurlos vorüber. Lea erwiderte nichts und schaute sich nun die Leiche genauer an. Der dunkelhaarigen Frau war der Bauch komplett aufgeschlitzt worden und gab den Blick auf die Innereien frei. Inzwischen gelang es Lea wieder, mit dem Bild des Grauens zurechtzukommen. Die Spurensicherung und der Gerichtsmediziner waren inzwischen auch eingetroffen. Es wurden einige Hautschuppen und Haare sichergestellt. Dr. Paul klärte die Kollegen darüber auf, dass der Tod in der Nacht zuvor ungefähr zwischen 23 Uhr und 1 Uhr morgens eingetreten sei. »Sie wurde erwürgt. Ich nehme an, dass die Frau schon vor dem Aufschneiden des Unterleibes tot war. Genaueres kann ich Ihnen erst nach der Obduktion mitteilen. Ach ja, und es wurde ihr die Gebärmutter entnommen«, fügte er noch hinzu.

»Das ist ja grauenvoll«, äußerte sich Lea, die immer noch ziemlich blass aussah.

Auch ihrem Kollegen Klaus hatte es regelrecht die Sprache verschlagen. Nun ging er in die Diele, um die Nachbarin, die sich immer noch dort befand, zurück in ihre Wohnung zu schicken.

Elisabeth Eberhard - so war der Name der Toten - war von ihrer Tochter Julia gefunden worden. Sie wollte nach ihrer Mutter schauen, nachdem sie diese nicht wie gewohnt am frühen Morgen telefonisch erreichen konnte und war dann beim Anblick der Leiche zusammengebrochen. Sie musste wohl so laut geschrien haben, dass Frau Jakob in der Nachbarwohnung aufmerksam geworden war und glücklicherweise die Wohnung betreten konnte, da Julia Eberhard die Tür offengelassen hatte. Ab diesem Moment war Julia nicht mehr handlungsfähig gewesen. Sie saß in die Ecke gekauert da und hatte nur noch apathisch vor sich

hingestarrt. Die Nachbarin, eine taffe Mittsechzi-
gerin hatte sofort die Polizei und den Rettungswa-
gen verständigt. Die Sanitäter brachten die junge
Frau schließlich ins Krankenhaus, da diese eindeutig einen Nervenzusammenbruch erlitten hatte.

Nachdem Lea und Klaus den Tatort verlassen hatten, blieben die beiden noch eine Weile vor dem
Dienstwagen stehen, um sich zu unterhalten. Der
Kollege hatte seine provozierende Art aufgegeben. Es ging jetzt nur noch um den Fall.
»So was Schreckliches sieht man nicht allzu oft. Es
tut mir leid, dass ich dich geärgert habe«, äußerte
sich Klaus. »Wird nicht wieder vorkommen«,
meinte er einlenkend.
Lea wollte erwidern, dass sie das nicht glauben
würde und auch nichts anderes von ihm gewöhnt
sei, als sie sah, dass auch er kreidebleich war. Deshalb verkniff sie sich den Kommentar und entgegnete: »Ist schon gut. Normalerweise bin ich auch
nicht so empfindlich. Ich weiß auch nicht, was
heute mit mir los ist.«
»Schwamm drüber, jeder hat mal einen schlechten Tag.«
»Wer begeht so eine Tat? Da muss doch etwas
Persönliches dahinterstecken. Oder?«

»Klar, ein Raubüberfall war das nicht. Es wurde ja, so wie es aussieht, nichts entwendet. Außerdem wäre dann kein Grund für diese Verstümmelung dagewesen.«

»Hm, vielleicht eine Beziehungstat.«

»Vielleicht«, stimmte Klaus zu. »Ich wüsste nicht, was sonst der Grund sein könnte. Bedauerlich, dass die Tochter nicht vernehmungsfähig ist. Jetzt müssen wir erst einmal überprüfen, ob es noch andere Familienangehörige gibt.«

»Ja, aber lass uns jetzt gleich noch schauen, ob wir hier im Haus irgendwelche Nachbarn antreffen. Es werden vielleicht die meisten bei der Arbeit sein, aber zumindest die Frau, die Frau Eberhard gefunden hat, ist zuhause.«

»Ja, lass uns das machen«, stimmte Kollege Klaus freundlich zu. Überrascht schaute Lea ihn an. Sie bemerkte, dass er eigentlich ziemlich gut aussah, groß wie er war mit seinem akkuraten blonden Kurzhaarschnitt und dachte sich, dass er es eigentlich gar nicht nötig hatte, mit seiner unangenehmen Art auf sich aufmerksam zu machen. Sie sagte aber nichts und folgte ihm zurück ins Haus.

Februar 2018

Schlechte Laune

Thorsten Gruber schloss die Tür seiner Wohnung in der Karlsruher Innenstadt auf. Seine Laune war auf dem Nullpunkt. Er traute dem Privatdetektiv eigentlich nicht wirklich etwas zu. »Das war wohl ein Flopp«, murmelte er vor sich hin, als ihm seine Freundin, die seit ein paar Wochen dauerhaft bei ihm untergekrochen war, in der dunklen Diele entgegeneilte. Das kam ihm gerade recht. Er brauchte jemanden, an dem er seinen Frust loswerden konnte. »Na du Schlampe, hast du mal wieder nichts geschafft heute. Bist wahrscheinlich nur faul im Bett rumgelegen.«

Erschrocken wich Angelika zurück. Sie kannte solche Ausbrüche zur Genüge. Aber er hat auch seine guten Seiten, redete sie sich immer wieder ein. Vor zwei Jahren hatte die unscheinbare Angelika Seifert Thorsten in einer Bar kennengelernt. Man konnte sie schon als graue Maus bezeichnen, ohne jegliches Selbstbewusstsein. Bis zu diesem Zeitpunkt war es ihr noch nicht gelungen, eine richtige Beziehung mit einem Mann zu führen. Das war auch der Grund, dass sie sich so einiges von ihrem Lebensgefährten gefallen ließ. Sie wollte einfach nicht mehr alleine sein. Nach einigen Überredungskünsten hatte sie es tatsächlich geschafft, Thorsten davon zu überzeugen, dass es für sie beide von Vorteil wäre, wenn sie ihre Wohnung aufgeben und bei ihm einziehen würde, da sie dann eine Menge Geld sparen konnten. Schließlich sah Thorsten das ein und stimmte zu. Er genoss es sehr, dass er nun jemanden hatte, den er herumkommandieren konnte. Außerdem war die Wohnung jetzt auch immer geputzt.

Nun ging er einen Schritt auf seine Freundin zu, packte sie am Arm und sagte gefährlich leise: »Ich gehe jetzt wieder. Und wenn ich wiederkomme, ist hier alles aufgeräumt und sauber und ich möchte ein richtiges Essen auf dem Tisch stehen haben, dass das klar ist.«

Entsetzt duckte sich Angelika etwas und antwortete mit leiser Stimme: »Ja.«

»Was hast du gesagt?«, herrschte er sie an und griff fester zu. »Ich habe dich nicht verstanden.«

»Ja, was möchtest du denn essen?«

Etwas milder gestimmt antwortete Thorsten: »Lass dir was einfallen«, ließ sie los, drehte sich um und verließ die Wohnung, wobei er die Tür laut zuknallen ließ.

Angelika ging schleppend ins Wohnzimmer und ließ sich müde auf das fleckige, hellbraune Stoffsofa fallen. Die Tränen rannen ihr übers Gesicht. Das hatte sie heute nicht erwartet. Schon lange hatte er keinen solchen Ausbruch mehr gehabt. Sie wagte schon zu hoffen, dass das nicht mehr vorkommen würde. Was war ihm nur über die Leber gelaufen? Am Anfang ihrer Beziehung war Thorsten sehr nett gewesen. Sie hatte schon angefangen zu glauben, dass sie doch nicht so ein hässliches Entlein war, aber nach ein paar Wochen war es dann losgegangen. Eigentlich wegen einer Kleinigkeit. Plötzlich hatte er sie beschimpft, bis er dann schließlich aus dem Haus gerannt war. Damals wohnte sie noch in ihrer eigenen Wohnung. Sie gewöhnte sich an diese Attacken und klammerte sich an den Gedanken, dass bestimmt alles besser würde, wenn sie zusammenlebten. Wochenlang sah das tatsächlich auch so aus, aber nun platzte ihr Hoffnungsschimmer wie eine Seifenblase. Energisch wischte sich Angelika die Tränen weg und erhob sich. Sie hatte es schließlich so gewollt. Außerdem liebte sie Thorsten. Vielleicht änderte der sich ja auch noch. Sie würde sowieso keinen anderen Mann mehr bekommen. Wer wollte denn schon eine Sechsunddreißigjährige, die zudem noch nach nichts aussah? Und geschlagen hatte er sie auch noch nie. Das würde er bestimmt auch niemals tun. Entschlossen machte sich Angelika an die Arbeit und begann aufzuräumen. Sie musste sich beeilen, damit alles sauber war, wenn Thorsten zurückkam. Schließlich musste sie noch zum Supermarkt. Was sollte sie nur kochen? Bestimmt war Thorsten heute Abend wieder gut gelaunt. Die Versöhnung im Bett würde sie dann wieder für alles entschädigen.

Ziellos irrte Thorsten durch die Straßen seines Wohngebiets. Er ärgerte sich über sich selbst, dass er seiner Freundin gegenüber wieder einmal so ausfällig geworden war. Dass er sich einfach nicht beherrschen konnte. Schließlich hatte sie ihm nichts getan. Liebte er sie eigentlich? Diese Frage konnte er eindeutig mit „nein" beantworten. Konnte er überhaupt jemanden lieben? Er glaubte es nicht. Und diese Schuld gab er seiner Mutter. Eigentlich war es seine Adoptivmutter, wie er, seit er denken konnte, sich immer wieder gesagt hatte. Sie war nie nett zu ihm gewesen. Zumindest konnte er sich nicht daran erinnern. Geschlagen hatte sie ihn auch des Öfteren. Sein Vater, ja, der war immer für ihn dagewesen und hatte ihn auch gegenüber seiner Mutter verteidigt. Niemals hätte er von ihm gesagt, dass es nur sein Adoptivvater wäre. Dazu liebte er ihn viel zu sehr. Ja, wenn es ihn nicht gegeben hätte, dann wäre er wahrscheinlich schon in jungen Jahren von zu Hause ausgerissen. Lieber wäre er in diesem Falle in einem Heim aufgewachsen, als alleine mit der Rabenmutter. Als sein geliebter Vater vor ein paar Jahren starb, war er schon ausgezogen gewesen und hatte mit der Frau, die sich seine Mutter nannte, nur noch selten Kontakt gehabt. Aber immer wieder fragte er sich, warum ihn seine leibliche Mutter damals zur Adoption freigegeben hatte. Er wollte es unbedingt wissen, aus ihrem Munde hören. Deshalb hatte er heute diesen unfreundlichen Privatdetektiv aufgesucht. So viele Babys konnten doch an diesem Tag in Pforzheim nicht geboren und zur Adoption freigegeben worden sein. Das musste doch rauszufinden sein. Thorsten stellte sich schon sein halbes Leben lang vor, wie es denn sein würde, wenn er seiner leiblichen Mutter endlich gegenüberstehen würde und alles fragen konnte, was ihm auf dem Herzen lag. Vielleicht könnte er auch bei ihr einziehen, wenn sie keinen Mann hätte. Wahrscheinlich wäre sie froh, endlich nicht mehr alleine zu sein. Mindestens tausend Mal hatte er sich dieses erste Treffen in den schönsten Farben ausgemalt. Thorsten riss sich zusammen und kehrte mit seinen Gedanken wieder in die Gegenwart zurück. Was sollte er nur mit Angelika anstellen. Wenn er ehrlich war, brachte ihm das Zusammenleben mit ihr nicht allzu viel. Gut, er hatte Gesellschaft und der Sex mit ihr war auch nicht schlecht. Außerdem machte sie den kompletten Haushalt und er hatte dadurch viel mehr Freizeit. Eine warme Mahlzeit bekam er auch täglich. Was wollte er eigentlich mehr? Aber er musste zugeben, dass Angelika ihm jeden Tag mehr auf die Nerven ging. Sollte er sie rausschmeißen? Das musste er sich allerdings gut überlegen, schließlich konnte sie ihm vielleicht eines Tages nützlich sein. Also galt es, sich erst einmal wieder bei ihr einzuschmeicheln. Das fiel ihm ja nicht allzu schwer. Grinsend beschloss er, noch irgendwo einen Kaffee zu trinken, damit seine Freundin genug Zeit hatte, ihm ein gutes Essen zu kochen, und dann nach Hause zu gehen. So schlecht war das Ganze vielleicht gar nicht. Er hatte schließlich auch seine Bedürfnisse. Er nahm sich allerdings fest vor, Angelika in nächster Zeit besser zu behandeln, damit sie ihm nicht noch zu früh davonlief.

Feierabend

Andreas saß zusammen mit seiner Frau auf der Couch. Sie saßen steif nebeneinander, jeder ein Glas Rotwein in der Hand. Entgegen jeder Gewohnheit lief heute noch nicht einmal der Fernseher. Normalerweise brauchte Andi das zum Abschalten, wie er immer so schön sagte. Margarete unterbrach die unangenehme Stille: »Was ist los mit dir? Du bist so still. Ist etwas passiert?«
»Nein«, war die karge Antwort. Er schien tief in seinen Gedanken versunken zu sein.
Nach weiteren fünf Minuten nahm seine Frau erneut einen Anlauf. »Da stimmt doch was nicht. Du bist so anders und schaust noch nicht einmal fern. Also erzähl mir nicht, dass nichts geschehen ist.«
Seufzend antwortete ihr Ehemann: »Also gut, ich habe heute mal wieder einen Drohbrief erhalten. Aber das ist ja nichts Neues. Also, mach dir keine Sorgen.«
»Aber du scheinst dir ja den Kopf darüber zu zerbrechen. Im Allgemeinen lässt dich sowas doch kalt«, bemerkte Margarete. »Liebst du mich eigentlich noch?«, wechselte sie abrupt das Thema.
»Natürlich, was soll diese dumme Frage?«
»Hast du eine andere?«, fuhr sie unbeeindruckt fort.

»Wie kommst du denn darauf?«

Nun, du beachtest mich kaum und richtig zu begehren scheinst du mich auch nicht mehr.«

»Aber das ist doch Quatsch, das bildest du dir nur ein. Ich habe im Moment auch wahnsinnig viel zu tun. Lauter schwierige Aufträge.«

»Du hast aber auch immer irgendwelche Ausreden«, entgegnete Margarete und erhob sich wütend, um in die Küche zu gehen, drehte sich aber noch einmal um, mit den Worten: »Ich gehe dann mal ins Bett.«

Andreas blieb mit seinem schlechten Gewissen noch eine Weile sitzen. Er musste dieses Verhältnis zu Angela beenden, sonst nahm das noch ein böses Ende. Ihm lag an dieser Frau sowieso nichts. Schließlich war er da einfach so reingeschlittert. Sie trafen sich alle paar Wochen und das auch nur, weil er wusste, dass seine Geliebte, wenn er Schluss machen würde, gleich zu Margarete rennen und ihr alles erzählen würde. Aber er musste einen Weg finden. Vielleicht sollte er noch einmal versuchen, mit ihr zu reden. Da Andreas nicht das Gefühl hatte, in den nächsten Stunden schlafen zu können, weil ihm zusätzlich zu seinen Eheproblemen auch der Drohbrief und sein neuer Auftrag im Kopf herumschwirrte, lehnte er sich zurück und griff nach der Fernbedienung. Er würde noch

einen Film anschauen, damit er auf andere Gedanken kam.

Spiel mit dem Feuer

Leise zog Margarete die Wohnungstür hinter sich zu, nicht ohne noch einen erleichterten, aber auch vorwurfsvollen Blick auf die geschlossene Schlafzimmertür zu werfen. Andi schien noch tief und fest zu schlafen. Das konnte sie nicht nachvollziehen, hatte er ihr doch gestern noch erzählt, dass er so unendlich viel zu tun hatte. »Aber nun ja, das soll nicht meine Sorge sein«, dachte sich Margarete. Sie hatte sich entschlossen, nun doch zu ihrem Date mit dem geheimnisvollen Fremden zu gehen. Was konnte schon passieren? Ein bisschen Spaß, ein kleiner Flirt, mehr nicht. Sie wollte sich mal wieder richtig spüren können. Natürlich würde sie nicht mit dem Mann ins Bett gehen. Das kam überhaupt nicht in Frage.

Da war es Margarete gerade recht gewesen, dass Andreas noch geschlafen hatte und sie ihm nicht sagen musste, wo sie hingehen würde. Pünktlich kam sie am vereinbarten Ort an und sah sich suchend um, aber der gutaussehende Mann von gestern war nirgends zu sehen. Resigniert ließ sie sich am nächstbesten Tisch nieder und bestellte bei der Bedienung einen Kaffee. Mit jeder Minute, die verging, sank ihre Laune ein bisschen tiefer, als sich schließlich die Tür öffnete und Matthias

Brecht doch noch kam. Strahlend eilte dieser auf sie zu.

»Hallo schöne Frau, tut mir leid, ich bin etwas später dran. Ein wichtiger Geschäftstermin war mir dazwischengekommen. Ich hoffe, du bist mir nicht böse?«

Immer noch leicht verärgert, bemerkte Margarete, dass er sie einfach duzte, aber geblendet von seinem wahnsinnig guten Aussehen hörte sie sich zu ihrem eigenen Erstaunen sagen: »Nein, kein Problem. Ich habe mir einfach schon mal einen Kaffee bestellt.«

»Das ist gut«, entgegnete er und setzte sich, ihr dabei tief in die Augen schauend, auf den Stuhl gegenüber.

Margarete wurde immer nervöser, da Matthias sie unverwandt anschaute, ohne auch nur ein Wort zu sagen. Sie versank in seinen strahlend blauen Augen. Schließlich unterbrach sie das Schweigen: »Und warum sollte ich nun hierherkommen?«

»Das weißt du genau«, antwortete er leise.

Margarete spürte, wie ihr ein Schauer über den Rücken lief. Ihre Gefühle waren zwiespältig. Auf der einen Seite meldete sich ihr schlechtes Gewissen und auf der anderen Seite erregte sie dieses verbotene Spiel doch sehr. Und warum sollte sie sich nicht einfach mal etwas vergnügen? Ihrem Mann schien nicht mehr allzu viel an ihr zu liegen. Nach kurzem inneren Kampf nickte sie, aber brachte dabei kein Wort heraus. Das allerdings genügte, damit Matthias die Bedienung rief. »Ich möchte gerne den Kaffee dieser Dame bezahlen.«

»Möchten Sie denn nichts trinken?«

»Nein, wir haben noch etwas Wichtiges vor«, entgegnete er. Während er mit der Kellnerin sprach, streichelte er die ganze Zeit sanft über Margaretes Handrücken. Diese konnte schon nicht mehr klar denken und nachdem er bezahlt hatte und sich erhob, um das Café zu verlassen, folgte sie ihm mit gemischten Gefühlen.

Juli 2018

Polizeirevier

Das Polizeiteam hatte sich im Besprechungszimmer versammelt.

Inspektionsleiter Peter Baumann saß in dem spartanisch, in Grautönen gehaltenen Zimmer, an der Stirnseite des großen rechteckigen Tisches. Klaus Barth und Lea Sonntag hatten sich gegenübersitzend, an den Längsseiten Platz genommen. Neben ihnen saßen jeweils noch zwei weitere Polizeibeamte. Die beiden Oberkommissare Kevin Engelhard und Thomas Hartwein gehörten ebenfalls zum Team. Der Chef der Abteilung erhob sich, um an der Magnettafel für seine Kollegen die Fakten zusammenzufassen. Er deutete auf das Bild der Toten. »Das ist Elisabeth Eberhard. Sie wurde, wie wir bisher von der Gerichtsmedizin erfahren haben, wahrscheinlich zuerst erwürgt und danach hat ihr dann der Mörder den Bauch aufgeschlitzt und - Peter musste schlucken, bevor er weitersprach - die Gebärmutter entnommen. Nun stellt sich die Frage, warum? Warum tut ein Mensch so etwas?« Fragend schaute er in die Runde.

»Vielleicht Rache«, äußerte sich Klaus.

»Auf jeden Fall scheinen da große Emotionen dahinterzustecken«, stellte Lea fest.

Die anderen nickten zustimmend.

»Vielleicht hat sie ihn verlassen?«, warf Kevin nachdenklich ein.

»Das ist doch aber kein Motiv für solch eine Aktion«, gab die Kollegin zu bedenken.

»Stimmt«, meinte Thomas zustimmend.

Nun mischte sich der Inspektionsleiter wieder ein.

»Es könnte etwas mit dem Thema Kinder bekommen zu tun haben.«

Alle nickten zustimmend. »Das macht Sinn«, gab Hauptkommissar Barth ihm Recht.

»Da wir ganz am Anfang stehen und noch keinerlei Hinweise haben, sollten wir mit dem Umfeld beginnen. Sobald Julia Eberhard vernehmungsfähig ist, müssen wir mit ihr sprechen.

Wir müssen wissen, ob sie irgendetwas über Beziehungen oder Verhältnisse ihrer Mutter weiß.«

Es klopfte an der Tür und die Sekretärin betrat den Raum.

Die hübsche Spanierin Maria Fernandez eilte auf Peter zu. Sie legte ein Blatt Papier vor ihn hin und sagte aufgeregt: »Da gibt es noch einen Adoptivsohn. Er heißt Stefan Eberhard und wohnt ebenfalls in Pforzheim. Hier ist die Adresse.« Wie im-

mer sah Maria ihren Chef mit einem schmachten-
den Blick an. Sie war unsterblich verliebt in ihn,
nur schien er das überhaupt nicht zu bemerken.
Außerdem war er glücklich verheiratet. Die Kollegen allerdings hatten das sehr schnell erkannt und
neckten sie ab und zu ein bisschen. Maria stritt
natürlich alles ab. Aber da alle die Sekretärin sehr
mochten und sich gut mit ihr verstanden, war das
kein Problem und diente nur zur allgemeinen Auf-
lockerung in ihrem ernsten Beruf.

Überrascht hob Peter nun den Kopf und meinte:
»Der muss natürlich zuerst befragt werden.« Er
schaute Klaus an. »Das machst du. Thomas wird
dich begleiten.«

Erleichtert atmete Lea auf und freute sich, dass sie
zusammen mit Kevin ins Krankenhaus gehen
durfte und so für ein paar Stunden den ständigen
Sticheleien von Klaus entkommen konnte.

Der Chef fuhr fort: »Ich werde selbst noch einmal
mit der Nachbarin, die die Tote gefunden hat,
sprechen. Wir treffen uns dann heute Nachmittag
wieder hier.«

Das Team erhob sich umgehend, um die zugeteil-
ten Aufträge auszuführen.

Klaus und Thomas befanden sich vor der Wohnungstür des Adoptivsohns von Frau Eberhard.

Das Mehrfamilienhaus befand sich am Stadtrand. Sie hatten schon mehrfach geklingelt, als unerwartet doch noch die Tür geöffnet wurde.

Stefan Eberhard schaute die Polizeibeamten irritiert an. Er schien noch nicht ganz wach zu sein. Nachdem sich die Beamten vorgestellt und ihren Ausweis gezeigt hatten, trat er schließlich zur Seite und ließ die beiden eintreten. Herr Eberhard bot ihnen Platz an und sie setzten sich auf die schwarze Ledercouch. Auf die Frage, ob sie etwas trinken wollen, lehnten die Beamten dankend ab.

»Sie wissen noch nicht, was passiert ist?«, fragte Klaus vorsichtig.

»Nein, was ist los? Ich habe heute frei und wie Sie sehen, bin ich gerade aufgestanden. Mein Handy war ausgeschaltet. Ist etwas mit meiner Mutter oder meiner Schwester?«, fragte er nervös.

Ja, es tut mir leid, Ihnen sagen zu müssen.... Aber setzen Sie sich doch bitte erst einmal.«

Nachdem sich der Adoptivsohn gegenüber den beiden niedergelassen hatte, sagte er: »Nun reden Sie schon. Was ist passiert?«

Nachdem Kollege Thomas Herrn Eberhard aufgeklärt hatte, saß dieser zunächst eine halbe Ewigkeit wie betäubt da, dann brach es aus ihm heraus: »Wer macht denn sowas?« Fragend schaute er in die Runde. Schließlich stöhnte er auf und vergrub sein Gesicht in den Händen. Nach einigen Sekunden hatte sich Stefan wieder gefangen und fuhr fort: »Meine Mutter und ich haben…. hatten nicht gerade das beste Verhältnis. Wenn ich sie vier Mal im Jahr gesehen habe, dann war das viel.«

»Und was ist mit Ihrer Schwester«, fragte Klaus.

»Mit meiner Schwester bin ich richtig verkracht. Wir haben keinen Kontakt mehr.«

»Und warum?«

»Weil sie immer meinte, etwas Besseres zu sein, da sie die leibliche Tochter war.«

«Wie alt waren Sie, als Sie adoptiert wurden?«, wollte Thomas nun wissen.

»Ich kam gleich nach der Geburt zu meinen Eltern.«

»Dann können Sie mir wahrscheinlich auch nicht sagen, ob Ihre Mutter Feinde hatte oder ob Männer in ihrem Leben eine Rolle gespielt haben?«

»Doch, das kann ich Ihnen sagen. Nach dem Tod meines Vaters hatte sie keinerlei Beziehungen mehr. Mein Adoptivvater ist vor 10 Jahren gestorben und Elisabeth, ich habe nie Mutter zu ihr gesagt, hat ihn über alles geliebt und wollte von einem anderen Mann nichts wissen. Über ihren Bekanntenkreis, wenn sie einen hatte, kann ich

Ihnen leider gar nichts sagen. Aber, wenn Sie mich jetzt entschuldigen würden. Ich muss das alles erst einmal verdauen.«

»Ja, natürlich.« Klaus und sein Kollege erhoben sich und sagten zu Herrn Eberhard, dass sie sich wahrscheinlich bald noch einmal bei ihm melden würden, aber dass es für heute genug sei.

Nachdem die beiden das Haus verlassen hatten, sagte Thomas nachdenklich: »Schon traurig, wenn sich eine Familie so wenig zu sagen hat.«

»Stimmt«, pflichtete ihm Klaus bei. »Allerdings habe ich nicht das Gefühl, dass er ein schlechtes Gewissen hat. Ich glaube nicht, dass er etwas mit dem Mord zu tun hat.«

»Das glaube ich auch nicht. Da war eigentlich kein Hass, sondern eher nur Gleichgültigkeit rauszuhören.«

Zustimmend nickte sein Kollege. Die beiden setzten sich in den Dienstwagen, um zurück ins Revier zu fahren.

August 2018

Nachdem Andreas sich nach dem kurzen Anruf seiner Frau wieder einigermaßen gefangen hatte, ließ er sich auf einen Stuhl der Esstischgruppe fallen. Der kleine Raum war durch einen Rundbogen vom Wohnzimmer getrennt. Er musste nun einen kühlen Kopf bewahren und einen Plan erstellen, so, wie er es auch für seine Klienten machte. Allerdings wuchs das Misstrauen gegenüber seiner Freundin immer mehr. Hatte Angela etwas mit dem Verschwinden von Margarete zu tun? Aber das konnte doch nicht sein. Bis gerade eben hatte er eigentlich immer häufiger gedacht, dass sie einem Verbrechen zum Opfer gefallen sei, da es überhaupt kein Lebenszeichen von ihr gab. Aber nun sah es ja eher so aus, als sei sie entführt worden. Und das konnte Angela nun wirklich nicht getan haben. Da hätte er ihr schon eher einen Mord zugetraut, damit sie ihn endlich ganz für sich alleine haben konnte. Jetzt musste Andreas über sich selbst den Kopf schütteln. Was hatte er nur für Gedanken. War er denn noch ganz normal? Aber ihm wurde dadurch endgültig klar, dass er diese Beziehung schnellstens beenden musste. Er liebte Angela nicht und er musste seine Frau finden. Und dann würde er um sie und ihre Ehe kämpfen. Bekräftigend nickte er vor sich hin, als ihm bewusst wurde, dass er so nicht weiterkommen würde, wenn sich seine Gedanken ständig nur im Kreis drehten. Entschlossen stand der Detektiv auf, um in sein Arbeitszimmer zu gehen. Er würde noch einmal alle seine Aufträge der letzten Jahre durchgehen. Da waren ein paar wenige Fälle dabei, in denen die eine oder die andere Person durch seine Ermittlungen eine Haft- oder Geldstrafe bekommen hatte. Wahrscheinlich war dieser Brief, den er vor einem halben Jahr erhalten hatte, eben doch nicht nur eine leere Drohung gewesen.

Juli 2018

Pforzheim

Das Team saß zur Besprechung zusammen. Die Stimmung war nicht die beste. Das lag daran, dass die Polizeibeamten bei ihren Ermittlungen auf der Stelle traten. Schließlich äußerte sich Lea: »Das ist echt verrückt, besser gesagt, zum Verzweifeln. Frau Eberhard scheint keine Feinde gehabt zu haben. Ihre Tochter hat uns berichtet, dass ihre Mutter sehr zurückgezogen gelebt hat. Sie ist auch nach dem Tod ihres Mannes keine neue Beziehung mehr eingegangen.«

»Die DNA-Spuren, die man gefunden hat, haben leider auch keinen Treffer ergeben«, warf Thomas ein.«

»Und Verdächtige haben wir leider auch nicht«, fügte Klaus resigniert hinzu.

Der Inspektionsleiter und Kevin schwiegen beide und hingen ihren Gedanken nach, bis Thomas die Stille unterbrach und sich an seine Kollegin wandte: »Hast du nicht gesagt, das Elisabeth Eberhard sich ab und zu mit einer Freundin getroffen hat?«

»Ja, das ist richtig«, antwortete Lea. »Martina Sebastian ist ihr Name und sie wohnt ebenfalls in Pforzheim.«

»Maria soll die Adresse raussuchen. Ich werde es ihr gleich im Anschluss sagen«, mischte sich nun Peter Baumann ein. Der Chef fuhr fort: »Außerdem müssen wir noch einmal mit dem Sohn sprechen. Wenn Ihr auch nicht glaubt, dass er mit dem Mord etwas zu tun hat.« Er schaute seine beiden Kollegen an, die diesen befragt hatten. »Allerdings ist er adoptiert. Das ist natürlich kein Motiv, aber die Tatsache, dass der Toten die Gebärmutter entnommen wurde, weist eventuell darauf hin, dass der Mord etwas mit Geburten zu tun haben muss. Ein psychisch kranker Mensch könnte vielleicht auf solch eine Idee kommen, wenn es ihn belastet hat, dass er nicht das leibliche Kind ist. Vor allem, weil er noch eine Schwester hat, die von der Mutter geboren wurde.«

»So einen Eindruck hat er aber überhaupt nicht gemacht«, mischte sich nun Klaus ein.

»Das glaube ich schon, aber wir haben im Moment nichts anderes und wir sollten zumindest ausschließen, dass Stefan Eberhard etwas mit der Sache zu tun hat«, gab Peter zu bedenken. »Außerdem müssen medizinische Kenntnisse vorhanden sein, denn ich wüsste auf jeden Fall nicht, wo sich die Gebärmutter befindet und wie sie aussieht.«

»Da kann man sich aber auch übers Internet oder über entsprechende Lektüre informieren«, gab Lea zu bedenken.

»Das stimmt allerdings. Trotzdem müssen wir ihn nach seinem Job fragen. Ich würde sagen, dass ihr, Lea und Kevin, dieses Mal bei ihm vorbeigeht, um euch ein eigenes Bild zu machen. Und ihr beide geht zu der Freundin«, wandte er sich an Klaus und Thomas. Diese nickten, erhoben sich und gingen in Richtung Ausgang. Die beiden anderen folgten ihnen. Die Kollegin drehte sich an der Tür noch einmal herum und fragte ihren Vorgesetzen, ob sie heute eventuell etwas früher nach Hause gehen könne, da ihre kleine Tochter krank sei. Der Kindergarten habe gerade angerufen. Peter meinte, dass das kein Problem sei. Der Chef hörte noch, wie Klaus vor sich hin murmelte: »Mütter gehören einfach nach Hause zu ihren Kindern und an den Herd.« Und Leas Kommentar konnte er auch noch verstehen. Gefährlich leise sagte sie: »Was hast du gesagt? Wenn du mir etwas sagen mitteilen möchtest oder ein Problem mit mir hast, dann sei wenigstens so mutig, es mir ins Gesicht zu sagen.« Kopfschüttelnd sah Peter seinem

Team hinterher. Sie hatten doch nun wirklich andere Probleme.

Klaus und Thomas saßen Martina Sebastian gegenüber auf einer bequemen Couch in deren Wohnzimmer.
»Entschuldigen Sie bitte, aber ich kann immer noch keinen klaren Gedanken fassen. Seit diesem entsetzlichen Verbrechen an meiner einzigen Freundin bin ich total durch den Wind. Ich glaube nicht, dass ich Ihnen weiterhelfen kann. Ich war ja nicht dabei. Ich kann mir auch überhaupt nicht vorstellen, wer das getan haben könnte.« Hektisch und ohne Pause hatte Frau Sebastian diese Sätze hervorgestoßen. Auf ihren Wangen hatten sich rote Flecken gebildet. Es hatte den Anschein, dass die Frau am Rande eines Nervenzusammenbruchs war. Die Beamten sahen sich an und beiden war klar, dieses Gespräch würde sie nicht weiterbringen. Seufzend unterbrach Thomas die Freundin von Elisabeth Eberhard. »Wir haben nur ein paar Routinefragen, dann lassen wir Sie auch schon wieder in Ruhe.« Er hatte Klaus durch Blicke zu verstehen gegeben, dass er das Gespräch mehr oder weniger führen würde. Seinem Kollegen war durchaus bewusst, Thomas konnte diplomatischer vorgehen als er. Ihm selbst fiel es schwer,

geduldig mit hysterischen Frauen umzugehen. Deshalb stimmte er durch unauffälliges Kopfnicken zu.

»Wissen Sie, ob Ihre Freundin Feinde hatte?«

»Nein, natürlich hatte sie keine Feinde«, empörte sich Martina

»Wann haben Sie Frau Eberhard das letzte Mal gesehen?«

»Vor ungefähr einer Woche. Ich war bei ihr zum Kaffeetrinken.«

»Ist Ihnen da irgendetwas aufgefallen? War sie anders als gewohnt? Oder hat sie irgendetwas erzählt?«

»Eigentlich war sie wie immer, aber…..« Frau Sebastian zögerte.

»Aber?«, mischte sich Klaus nun doch ein.

»Das hatte ich ganz vergessen«, murmelte Martina vor sich hin.

»Was denn?«, fragten Thomas und Klaus, wie aus einem Munde.

»Ja, Elisabeth war etwas aufgeregt und verstört, weil sie einen seltsamen Brief erhalten hatte.«

»Einen Brief?«

»Ja, sie hat ihn mir gezeigt. Er war von einem Mann, unterschrieben mit „Dein Sohn".

Verblüfft schauten die Polizisten die ihnen gegenübersitzende Frau an. Diese fuhr ohne weitere

Aufforderung fort: »Ja, irgendein Mann hatte geschrieben, dass er ihr Sohn sei und er demnächst einmal abends vorbeikommen würde und sie kennenlernen wolle. Mir kam das sehr seltsam vor und ich habe sie gewarnt, dass sie ja keinen Fremden hereinlassen soll. Sie hat mir dann versprochen, es ihrer Tochter zu erzählen. Wir hatten dann noch einmal am Telefon darüber gesprochen. Elisabeth meinte, dass sie Julia nicht belasten wollte, da diese im Moment sowieso so viel zu tun hätte und sie ihr deswegen doch nichts von der seltsamen Post erzählen würde. Mir war nicht wohl bei dem Gedanken, aber Elisabeth hat mir versprochen, niemanden hereinzulassen. Irgendwie muss ich in den letzten Tagen doch unter Schock gestanden haben, dass ich daran nicht mehr gedacht habe.« Martina schüttelte über sich selbst den Kopf.

Alarmiert hatten die Polizeibeamten zugehört.

»Hatte ihre Freundin denn noch einen Sohn?«, wollte Thomas nun wissen.

Frau Sebastian seufzte: »Das weiß eigentlich nur ich. Sie hat, als sie noch sehr jung war, einen Sohn geboren und ihn zur Adoption freigegen. Danach sah es lange so aus, als ob sie keine Kinder mehr bekommen könnte. Deshalb beschloss Elisabeth zusammen mit ihrem Mann, ein Kind zu adoptieren. Ihre Tochter weiß davon allerdings nichts. Dass ihr Bruder adoptiert wurde natürlich schon, aber nicht, dass ihre Mutter ein Kind nach der Geburt weggegeben hat.«

Da hatten sie nun plötzlich doch einen Anhaltspunkt. Sie mussten umgehend gezielt nach dem Brief suchen. So viel sie wussten, war der Spurensicherung nichts dergleichen in die Hände gefallen. Natürlich konnte Elisabeth Eberhard ihn auch vernichtet haben. Thomas und Klaus verabschiedeten sich bei Frau Sebastian und gingen nachdenklich zum Auto, das sie in einer Seitenstraße geparkt hatten.

Lea

Lea war genervt. Sie steckte mit ihrem Auto in der Büchenbronner Straße im Stau fest. Gerade heute, wo sie doch hundemüde und gestresst war. Aber das passierte ja meistens, wenn man es am wenigsten gebrauchen konnte. Wenn der Tag schon mal schlecht anfing, ging es meistens so weiter, sinnierte sie, begann aber sogleich wieder über den Fall zu grübeln. So verging die nächste Stunde wie im Fluge. So lange hatte es noch gedauert, bis sie das Ortsschild „Schömberg" passierte. Dort lebte sie mit ihrem Lebensgefährten und ihrem gemeinsamen Töchterchen. Als sie die Maisonette Wohnung betrat, die sie schon, als sie noch alleinstehend war, gemietet hatte, stapfte die kleine Clara ihr freudestrahlend entgegen.
»Mama.«
»Hallo mein Schatz,« Lea nahm ihre Tochter auf den Arm, drückte sie fest an sich und gab ihr einen schmatzenden Kuss auf die Wange. Das war der Kleinen aber schon wieder zu viel und sie wehrte sich heftig, indem sie versuchte, sich aus der Umarmung zu befreien. Lachend setzte ihre Mutter sie wieder ab. Ihre schlechte Laune war plötzlich verschwunden. Nun kam auch Alex aus der Küche und versuchte ein etwas missglücktes Lächeln auf

sein Gesicht zu zaubern. Er sah etwas abgekämpft aus. Er war Hauptkommissar im Polizeirevier Schömberg, wo Lea, bevor sie nach Pforzheim gewechselt hatte, Inspektionsleiterin gewesen war. Des Kindes zuliebe hatte sie den verantwortungsvollen Job für eine 50% Stelle aufgegeben. Alex hatte heute, nach getaner Arbeit, das Kind von der Kita abgeholt und bereitete gerade das Abendessen vor. Deshalb sah er auch etwas gestresst aus. Manchmal hatte Lea ein schlechtes Gewissen ihm gegenüber, weil er neben seinem Vollzeitjob sich auch des Öfteren noch um Clara und den Haushalt kümmern musste, da sie nicht immer pünktlich Feierabend machen konnte. Erst vor zwei Tagen war sie schon um 13 Uhr nach Hause gegangen, weil sie ihr krankes Kind früher vom Kindergarten hatte abholen müssen. Im Gegenzug konnte sie dann auch nicht „nein" sagen, wenn sie bei wichtigen Ermittlungen mal länger bleiben musste. Sie seufzte. Leicht war das alles nicht immer unter einen Hut zu bringen. Aber der Anblick ihrer süßen Tochter entschädigte sie immer wieder, wenn sich solche Gedanken bei ihr einschleichen wollten. Auch hatte sie es nie bereut, die Beziehung mit Alex eingegangen zu sein. Lange genug hatte es damals gedauert, bis sie den Schritt gewagt hatte. Nun umarmte Alex seine

Freundin innig. Diese entspannte sich sofort und meinte: »Komm, lass uns einfach kurz aufs Sofa sitzen.«

Clara hatte sich inzwischen wieder ihren Bauklötzen zugewendet.

»Gerne. Warte einen Moment, ich muss schnell in die Küche, den Herd ausschalten. Ich habe gerade Nudelwasser aufgesetzt. Ich wollte Tagliatelle für uns machen.«

»Wir könnten doch auch Pizza bestellen«, schlug Lea vor.

»Gute Idee. Salat habe ich schon gewaschen. Den können wir dann dazu essen.«

»Super, so machen wir das.« Sie setzte sich schon mal auf die Couch und wartete auf Alex. Inzwischen hatte sich auch die kleine Clara wieder zu ihnen gesellt und sich auf Leas Schoß niedergelassen. Alex legte den Arm um seine Lebensgefährtin und streichelte mit der freien Hand sein Töchterchen. »Was ist los?«, wollte er nun wissen. »Du machst so einen gestressten Eindruck. Oder täusche ich mich?«

»Nein, ich bin wirklich etwas geschafft«, musste sie zugeben. »Der Fall ist schwierig. Wir kommen nicht so richtig voran. Und mein Kollege Klaus…..«

»Lässt er dich immer noch nicht in Ruhe?«

»Was heißt in Ruhe lassen, er stichelt halt immer an mir herum. Ich weiß auch nicht, was ich ihm angetan habe.«

»Sprich ihn doch einfach mal drauf an.«

»Das werde ich wohl machen müssen«, seufzte Lea.

»Übrigens, du bist etwas blass. Fehlt dir etwas?«

»Keine Ahnung. Ich bin in letzter Zeit ziemlich müde und mein Kreislauf spinnt.«

»Lea?«

»Ja?« Sie sah ihn fragend an.

»Das Ganze kommt mir irgendwie bekannt vor. Kann es sein, dass……«

Lea schlug sich die Hand vor den Mund. Sie wusste, worauf ihr Freund hinauswollte.

»Ach du liebe Zeit, du hast Recht, es ist wie damals, als….. Aber wie ist das möglich? Ich habe doch regelmäßig die Pille…… Nein, Hilfe, zwei Tage hintereinander hatte ich vergessen, sie einzunehmen.«

»Wäre es denn so schlimm?«, fragte Alex, schief grinsend.

»Äh, nein. Eigentlich nicht«, antwortete sie nach einer kurzen Pause.

»Wir werden noch ungewollt zu einer Großfamilie«, strahlte ihr Lebensgefährte und küsste sie zärtlich.

Acht Wochen vor Margaretes Verschwinden

Margarete lag im Schlafzimmer von Matthias auf seinem großen Boxspringbett. Nachdenklich starrte sie die gegenüberliegende Wand an, die einen neuen Anstrich dringend notwendig hätte. Aber im Gegensatz zu sonst bemerkte sie das heute nicht. Sie war tief in ihre Gedanken versunken. Wo sollte das alles noch hinführen. Am Anfang ihres Verhältnisses hatte sie noch ein sehr schlechtes Gewissen gegenüber ihrem Mann gehabt, aber nun war sie nur noch hin und her gerissen, für wen sie sich entscheiden sollte. Von ihr aus hätte es ewig so weitergehen können. Andreas beachtete sie nach wie vor nicht allzu sehr, hatte er doch genug mit seiner Arbeit zu tun und bei Matthias fühlte sie sich geliebt und begehrt. Allerdings war Margarete ihr Ehemann ganz und gar nicht gleichgültig. Sie fand ihr Leben so, wie es gerade war, mehr als bequem. Seit zwei Monaten verlief doch alles ganz angenehm, warum also sollte sie daran etwas ändern. Nun hatte allerdings Matthias, bevor er in die Küche gegangen war, gemeint, dass er gerne mit ihr auswandern würde und sie ihren Mann verlassen solle und zwar, ohne diesem etwas davon zu sagen. Das war aber überhaupt nicht in ihrem Sinne. Außerdem hatte Andi das nicht verdient. In den letzten Wochen hatte ihr Freund das Thema schon des Öfteren angeschnitten, aber heute war er richtig drängend geworden, fast, als ob er eine Entscheidung von ihr erwarten würde. Was sollte sie nur tun? Andreas zu verlassen kam für sie nicht in Frage, allerdings wollte sie Matthias auch nicht verlieren. Da kam dieser auch schon zu ihr zurück ins Bett gekrochen, krabbelte mit dem Kopf unter die Decke und näherte sich langsam ihrer intimsten Stelle. Margarete stöhnte auf, als er begann, sie dort mit dem Mund zu liebkosen. Alle Überlegungen wurden unterbrochen und sie begann sich sofort wieder zu entspannen. Obwohl sie gerade erst miteinander geschlafen hatten, schaffte Matthias es wieder, dass sie an nichts anderes mehr denken konnte und ihn nur noch in sich spüren wollte. Nein, das konnte sie nicht so einfach aufgeben, waren ihre letzten Gedanken, bevor sie erneut von einer Welle der Lust davongeschwemmt wurde.

August 2018

Peter

Karin Baumann konnte es kaum erwarten, ihren Mann zu sehen. Sie war einige Tage geschäftlich unterwegs gewesen. Da sie Geschäftsführerin einer großen Firma war, gab es des Öfteren Auswärtstermine. Deshalb musste sie auch ab und zu verreisen. Dieses Mal hatte das Ehepaar sich eine ganze Woche lang nicht gesehen. Nun hatte sie liebevoll den Tisch für das Abendessen gedeckt. Sie zündete gerade eine Kerze an, die sie mitten auf den Tisch gestellt hatte, als sie hörte, wie ihr Mann den Schlüssel im Schloss herumdrehte. Karin ließ das Feuerzeug, dass sich noch in ihrer Hand befand, auf den Tisch fallen, eilte auf ihn zu und warf sich regelrecht in seine Arme. Peter drückte seine Frau fest an sich. Karin liebte ihren Ehemann abgöttisch und das beruhte auf Gegenseitigkeit. Man konnte ihre Ehe als sehr glücklich bezeichnen. Kinder waren bei beiden nie ein Thema gewesen, weil sie sehr eingespannt in ihren jeweiligen Berufen waren. Die wenige Freizeit, die ihnen blieb, nutzten sie möglichst gemeinsam.

»Ich habe dein Lieblingsessen gekocht«, sagte sie nun, sich aus seiner Umarmung lösend.

»Linsen und Spätzle?«, strahlte Peter.

Erschrocken schaute sie ihn an. »Seit wann das denn? Letzte Woche waren es noch Spaghetti mit Meeresfrüchten«, erwiderte sie schmollend. Aber sehr überrascht war sie nicht, denn ihr Mann hatte jede Woche ein anderes Lieblingsessen. Jetzt strahlte er sie an. »Hm, stimmt. Ich rieche es«, meinte er Richtung Küche schnuppernd. Nachdem sie zusammen das Essen ins Esszimmer - das in einem hellen Ton gehalten war - getragen hatten, machten sie es sich dort gemütlich und tranken anschließend noch einen Espresso. Karin bemerkte, dass ihr Mann ziemlich abgekämpft aussah. »Ist dein Fall sehr anstrengend?«, fragte sie vorsichtig, da sie wusste, dass Peter ihr nie etwas über laufende Ermittlungen erzählte.

Dennoch antwortete er: »Ja, der bringt uns an unsere Grenzen. Dazu kommt noch das ständige Gezanke der Kollegen.«

»Wer denn?«

»Eigentlich ist es nur Klaus, der ständig auf Lea herumhackt.«

»Echt? Warum?«

»Wenn ich das wüsste«, seufzte er.

»Komm.« Karin erhob sich, stellte sich hinter Peter und legte die Hände auf seine Schultern. »Ich massiere dich ein bisschen.«

Wohlig aufseufzend, setzte er sich bequem hin und genoss die Streicheleinheiten. Darauf hatte er nur gewartet.

Die Lüge

Thorsten Gruber saß zusammen mit seiner Freundin auf dem Sofa. Sie schauten sich einen Liebesfilm an. Angelika hatte sich eng an ihn gekuschelt und war einfach nur glücklich, dass seit dem Vorfall vor ein paar Wochen nichts dergleichen mehr geschehen war. Thorsten war freundlich und ausgeglichen und schien ihr jeden Wunsch von den Augen abzulesen. Er hatte sich sogar für sein damaliges Verhalten entschuldigt. Das war zuvor noch nie passiert. Plötzlich erhob er sich und sagte zu seiner Lebensgefährtin: »Tut mir leid, aber ich muss noch mal weg.«

Erstaunt sah diese ihn an und meinte vorsichtig: »Echt? Wo musst du denn jetzt noch hin? Es ist doch schon fast 21 Uhr.«

»Habe ich dir das nicht gesagt?«, fragte ihr Freund ungeduldig.

Angelika hatte Angst, dass er wieder ausrasten könnte und sagte deshalb nur leise: »Nein.«

Thorsten, der ihre Angst zu bemerken schien, meinte etwas freundlicher: »Ich bin mit ein paar Kumpels verabredet. So eine Art Klassentreffen.«

»Ach so, okay, ist ja nicht so schlimm«, erwiderte sie einlenkend.

»Eben, wir müssen ja nicht jeden Abend zusammenhocken.«

Seine Freundin zuckte bei diesen harten Worten zusammen und sagte nichts mehr.

Zehn Minuten später verließ Thorsten die Wohnung und eilte die drei Treppen zum Ausgang hinunter. Blitzschnell griff Angelika nach ihrer Sommerjacke, zog diese über die Jogginghose und folgte ihm in gebührendem Abstand. Sie hatte keine Zeit mehr gehabt, sich etwas Richtiges anzuziehen, da ihm das aufgefallen wäre. Sie wollte endlich Gewissheit haben, was er so trieb, wenn er, wie schon des Öfteren so plötzlich, ohne es vorher anzukündigen, das Haus verließ. Nachdem sie am Eingang kurz verharrte, bis sie gesehen hatte, dass Thorsten Richtung Straßenbahn lief, ließ sie sich Zeit, denn da es noch hell war, hätte er sie leicht sehen können. Glücklicherweise war noch einiges los auf der Straße, so dass sie sich in die Menschenmenge einreihen konnte und gute Chancen hatte, nicht entdeckt zu werden. Tatsächlich gelang es ihr dann auch, in letzter Minute, in die gleiche Straßenbahn zu steigen. Ganz hinten ließ sie sich auf einen freien Sitz sinken. Überrascht stellte sie fest, dass ihr Freund die S5 Richtung Bietigheim-Bissingen nahm. Wo wollte er nur hin? Noch größer wurde ihre Verwunderung, als sie bemerkte, dass er in Pforzheim aussteigen wollte. Als er sich von seinem Sitzplatz erhoben hatte, hatte sie sich gerade noch hinter die Lehne eines Sitzes ducken können. Fast hätte er sie gesehen. Mit Müh und Not konnte sie ihn schließlich, nachdem sie ebenfalls ausgestiegen war, in der Menschenmenge entdecken und ihn weiterhin verfolgen. Was hatte er nur vor? Fingen Klassentreffen überhaupt um diese späte Uhrzeit an? Angelika überlegte fieberhaft, ob Thorsten jemals erwähnt hatte, wo er zur Schule gegangen war, aber sie konnte sich nicht daran erinnern. Inzwischen waren sie schon mitten in der Stadt angekommen. Plötzlich war ihr Freund aus ihrem Blickfeld verschwunden. Verdammt, wo war er? Mehrere Busse fuhren nacheinander von der Haltestelle los. War er etwa in einen von ihnen eingestiegen? Angelika schaute sich panisch um. Er hätte aber auch in der Menschenmenge einfach in die kleine Seitenstraße abbiegen können. Schnell rannte sie dorthin, aber auch da war er nicht zu sehen. Resigniert gab Angelika auf und ging frustriert zurück zum Bahnhof. Sie konnte nur hoffen, dass Thorsten sie nicht gesehen hatte, denn was dann passieren würde, daran wollte sie lieber nicht denken.

Polizeirevier

Das Pforzheimer Polizeiteam hatte sich im Besprechungszimmer versammelt. Es war frustrierend, da sie in dem Fall noch nicht weitergekommen waren und es heute schon wieder eine Tote gegeben hatte.

Im Rodgebiet in Pforzheim war heute Morgen eine Frau von ihrer Tochter tot aufgefunden worden. Annette Schreiner war auf die gleiche Art und Weise wie Elisabeth Eberhard ermordet worden. Auch ihr hatte der Täter die Gebärmutter entfernt. Gabi Schreiner wollte ihrer Mutter den Hund bringen, da diese ihren kleinen Rehpinscher tagsüber versorgte, während sie arbeitete. Da Gabi einen Schlüssel besaß, hatte sie sich zunächst nichts dabei gedacht, dass es in der Wohnung des Mehrfamilienhauses so still war. Als sie dann aber in der Küche bemerkte, dass noch nicht einmal Kaffee aufgesetzt, geschweige denn der Frühstückstisch gedeckt war, wurde ihr schon etwas mulmig zumute. Die beiden frühstückten unter der Woche immer zusammen, bevor Gabi zur Arbeit ging. Annette Schreiner war geschieden und hatte die gemeinsame Stunde mit ihrer Tochter immer sehr genossen und das beruhte auf Gegenseitigkeit. Als Gabi einige Minuten später im Schlafzimmer ihre tote Mutter in diesem entsetzlichen Zustand gefunden hatte, war sie gerade noch in der Lage gewesen, den Notruf zu wählen und dann weinend zusammengebrochen. Sie musste so laut geschrien haben, dass eine Nachbarin, die gerade zur Arbeit gehen wollte, das gehört hatte und zur Hilfe geeilt war. Diese kannte Gabi sehr gut und hielt die junge Frau solange im Arm, bis die Polizeibeamten eintrafen. Allerdings war sie selbst sehr geschockt, da Frau Schreiner eine gute Freundin von ihr gewesen war.

Peter Baumann meldete sich schließlich zu Wort: »Dass wir es hier mit demselben Mörder wie bei Elisabeth Eberhard zu tun haben, ist uns allen klar. Da brauchen wir noch nicht einmal das DNA-Ergebnis abwarten. Leider haben wir da bisher keinen Treffer gehabt. Es stellt sich die Frage, ob wir es hier mit einem Serienmörder zu tun haben? Oder ob es einfach nur einen Zusammenhang zwischen den beiden Frauen gibt. Das müssen wir herausfinden. Letzteres wäre mir lieber.«

Die Versammelten pflichteten ihm ausnahmslos bei. Nicht auszudenken, wenn die erste Vermutung zutreffen würde, denn dann hätte es sicherlich noch weitere Morde zur Folge.

»Ich denke da schon an die erste Variante«, meldete sich Klaus zu Wort. »Denn, was würde es sonst für einen Sinn machen, den Frauen die Gebärmutter rauszuschneiden. Das muss in meinen Augen schon ein Frauenhasser sein.«

Leider konnte diesem Argument niemand etwas entgegensetzen.

Allerdings stellt sich die Frage, was es mit diesem ominösen Brief des angeblichen Sohnes, den Frau Sebastian erwähnt hatte, auf sich hat«, fuhr er fort.

»Frau Eberhard hat ein Kind zur Adoption freigegeben. Der Sohn könnte damit nicht klargekommen sein und hatte vielleicht Rache nehmen wollen.«

»Ist das nicht zu weit hergeholt«, warf nun Kevin ein.«

Plötzlich sprang Lea Sonntag auf und rannte mit einem herausgepressten „Entschuldigung" aus dem Raum. Kurze Zeit später hörte man die Toilettenspülung. Peter schaute sorgenvoll zur Tür. Nicht einmal Klaus sagte, im Hinblick auf den Ernst der Lage, etwas Abfälliges über Lea.

Nachdem diese sich unter den sorgenvollen Blicken der Kollegen wieder auf ihren Platz gesetzt hatte, meldete Peter sich erneut zu Wort: »Wir müssen also zunächst herausfinden, was die beiden ermordeten Frauen für Gemeinsamkeiten hatten. Gibt es gemeinsame Bekannte, Verwandte oder Freunde.

Hat Frau Schreiner vielleicht ebenfalls ein Kind weggegeben? Beide waren alleinstehend. Lasst uns noch einmal die Fakten der ersten Toten zusammenfassen. Kevin, du warst ja mit Lea noch einmal bei dem Sohn.« Er sprach direkt seinen Kollegen an, da er seine Kollegin etwas schonen wollte. Lea sah etwas blass aus und er machte sich schon seit einiger Zeit Sorgen um sie.

Kevin antwortete: »Ja, und wir wissen nun, dass Stefan Eberhardt tatsächlich als Pfleger arbeitet, allerdings in einem Altenheim.«

»Da lernt man aber nicht, wie man den Frauen die Gebärmutter entfernt«, warf Klaus zynisch ein.

»Lass mich doch einfach mal ausreden.« Kevin sah ihn genervt an. Es ärgerte ihn, genauso wie den Inspektionsleiter, dass der Kollege ständig an Lea Sonntag etwas auszusetzen hatte. Nur aus diesem Grunde reagierte er jetzt so aggressiv. Es verfehlte auch nicht seine Wirkung, denn Klaus entgegnete nichts mehr. Allerdings sah er ziemlich verärgert aus.

»Seine Ausbildung hat er allerdings in einem Krankenhaus gemacht.«

»Aber ich muss dazu sagen, dass ich mir das bei ihm überhaupt nicht vorstellen kann, also, dass er seine Mutter umgebracht haben könnte«, mischte sich nun Lea ein.

»Das macht nun auch keinen Sinn mehr, nachdem es noch eine ermordete Frau gibt«, entgegnete nun Thomas, der die ganze Zeit still gewesen war. Peter Baumann nickte zustimmend. »Es hilft alles nichts, wir müssen zunächst mit den Angehörigen des neuen Mordopfers sprechen.«

Nun wandte sich Peter an Kevin: »Hat die Befragung der Tochter von Frau Eberhard noch etwas ergeben?«

Lea schüttelte den Kopf und antwortete für ihn: »Leider überhaupt nichts. Elisabeth Eberhard scheint wirklich sehr zurückgezogen gelebt zu haben. Ihr Adoptivsohn hat sich anscheinend nur selten bei ihr gemeldet. Mit ihrem Bruder hatte Julia Eberhard ebenfalls nur sehr wenig Kontakt, aber sie hat auch nichts von Streitigkeiten oder dergleichen erzählt.«

»Okay, da müssen wir eventuell noch einmal nachhaken, aber jetzt geht es erst einmal um die

Befragung der Angehörigen des neuen Opfers«, fuhr der Chef fort. Nachdenklich schaute er sein Team an und nach kurzer Überlegung meinte er: »Lea und Kevin, ihr arbeitet weiterhin zusammen und werdet die Tochter befragen. Vielleicht ist sie schon heute in der Lage mit euch zu sprechen. Schließlich möchte sie auch, dass wir den Mörder ihrer Mutter finden.« Er schaute Klaus und Thomas an. »Und ihr beide befragt die Nachbarin, die vor Ort gewesen ist und schaut, ob ihr auch noch andere in dem Haus antreffen könnt. Ich muss mich vorbereiten, da wir heute Nachmittag eine Pressekonferenz haben werden. Das konnte natürlich nach zwei solchen Taten nicht vermieden werden.« Seufzend erhob sich Peter und die anderen taten es ihm gleich.

Schreck am Morgen

Angelika schaute gehetzt auf die Uhr und ließ sich auf dem klapprigen Holzstuhl in der Küche nieder. Sie musste in zwanzig Minuten das Haus verlassen, obwohl sie noch nicht gefrühstückt hatte, wobei ihr diese halbe Stunde am Morgen, in der sie in Ruhe die Zeitung lesen konnte, doch so wichtig war. Angelika arbeitete in einem Drogeriemarkt, ganz in der Nähe. Thorsten befand sich noch unter der Dusche. Auch er war spät dran. Er war in einer Autowerkstatt am Rande von Karlsruhe beschäftigt. Sie führte die Kaffeetasse zum Mund, blätterte die Zeitung um und erstarrte. Die Zeilen verschwammen ihr vor den Augen und sie verschüttete vor lauter Entsetzen etwas Kaffee. Sie musste erneut die Zeilen lesen, bis ihr Hirn das Gelesene verarbeiten konnte.

Im Rodgebiet in Pforzheim wurde gestern eine Frau in ihrer Wohnung ermordet aufgefunden, auf die gleiche grausame Art und Weise umgebracht, wie das Opfer vor acht Wochen. Die Polizei vermutet einen Serienmörder. Die Ermittlungen laufen auf Hochtouren.

Angelika sprang erschrocken von ihrem Stuhl auf, als ihr Lebensgefährte die Küche betrat. Dabei verschüttete sie noch mehr Kaffee. Thorsten beugte sich über den Stuhl, um auf die Zeitung schauen zu können, drehte sich anschließend zu seiner Freundin und meinte spöttisch: »Und jetzt glaubst du, weil ich vorletzte Nacht so spät nach Hause gekommen bin, dass ich das hier getan habe?« Er deutete dabei auf den Zeitungsausschnitt.

»Natürlich nicht«, antwortete Angelika, aber ihre Stimme zitterte dabei ein wenig. Hatte sie doch tatsächlich einen Moment diesen Gedanken gehabt. Inzwischen hatte sie sich aber wieder gefasst, drehte sich zu ihrem Freund und fragte betont nebensächlich: »Wo war denn eigentlich dein Klassentreffen? Ich wollte dich gestern schon fragen, habe es dann aber vergessen.«

Einen kurzen Moment zögerte Thorsten und es hatte den Anschein, als wolle er nicht antworten, aber dann schien er es sich anders zu überlegen. Während er sich an den weißen, rechteckigen Küchentisch setzte und Kaffee in seine Tasse eingoss, antwortete er: »In Pforzheim.«

Die Worte hingen schwer im Raum, bis Thorsten die unangenehme Stille unterbrach: »Ja, und anschließend bin ich dann mal kurz ins Rodgebiet gefahren und habe die Frau umgebracht.«

»Gefahren?«, fragte Angelika. Sie war inzwischen ganz blass geworden.

Nun stand ihr Lebensgefährte langsam auf, drehte sich um, trat ganz nahe an seine Freundin und meinte gefährlich leise: »Gefahren heißt, dass, wenn ich der Mörder wäre, ich nicht dort hochgelaufen wäre, weil ich da ja eine Stunde unterwegs gewesen wäre.«

Inzwischen zitterte Angelika vor Angst. Sie erwartete jeden Moment, Schläge von ihm abzubekommen, aber Thorsten wendete sich wieder von ihr ab und murmelte ungläubig, während er sich seinem Frühstück widmete: »Du glaubst das wirklich. Wie blöd kann man denn sein.«

Angelika atmete auf, ging auf ihren Freund zu, legte ihm die Hand auf die Schulter und sagte zögernd: »Nein, das glaube ich natürlich nicht. Ich liebe dich doch.« Sie beugte sich nach vorne, küsste ihn auf die Stirn und verließ schnellstens das Haus. Der Appetit war ihr vergangen und auf den Kaffee verzichtete sie auch. Thorsten hatte sie nicht mehr beachtet und ihr auch nicht, wie sonst in letzter Zeit, einen schönen Tag gewünscht.

Auf der Straße angekommen, atmete Angelika tief die frische Morgenluft ein. Sie musste sich selbst eingestehen, dass sie einen Moment lang tatsächlich gedacht hatte, dass ihr Freund der Mörder sein könnte. Aber wahrscheinlich litt sie schon unter Verfolgungswahn. Nur, weil er zu ihr manchmal grob war und gestern in Pforzheim gewesen war, hatte er doch sicherlich nichts mit dieser Sache zu tun. Sie musste vorhin verrückt gewesen sein. Kopfschüttelnd betrat sie den Drogeriemarkt, in dem sie arbeitete. Sie musste sich jetzt zusammenreißen und sich auf die Arbeit konzentrieren. Aber trotzdem schlich sich noch kurz der Gedanke ein, dass Thorsten auch bei dem ersten Mord alleine unterwegs war und ihr nicht verraten hatte, wo er sich aufgehalten hatte. Damals hatte sie, als über den ersten Mord in der Zeitung berichtet wurde, sich nichts dabei gedacht, aber heute Morgen war sie wie vom Blitz getroffen gewesen, als ihr der Artikel ins Auge gestochen war. Ihr ungutes Gefühl blieb.

Angela

Andreas war inzwischen wieder soweit herge-
stellt, dass er sich auf die Arbeit konzentrieren
konnte. Er ging noch einmal alle Fälle der letzten
Jahre durch. Eigentlich gab es da nur zwei Männer, die nicht gut auf ihn zu sprechen sein könnten, da sie tatsächlich durch seine Ermittlungen
im Gefängnis gelandet waren. Zum einen war da
Harald Emmrich, der wegen Diebstahl ins Gefängnis gekommen war. Und zum anderen Matthias
Brecht, der wegen Erpressung einsitzen musste.
Andi nahm sich vor herauszufinden, ob die beiden
ihre Strafe noch absaßen oder schon wieder entlassen waren.

Er schaute unwillig auf seine Armbanduhr, als er
hörte, dass die Haustür aufgeschlossen wurde.
Vor Kurzem hatte Angela ihn doch tatsächlich
überredet, ihr einen Schlüssel zu geben. Er musste
verrückt gewesen sein. Stöhnend erhob er sich, da
es ihm vorhin, nachdem die Polizeibeamten gegangen waren, ins Kreuz gefahren war. Er schob
das auf den Stress und hatte zwei Schmerztablet-
ten geschluckt, aber anscheinend wirkten die
noch nicht richtig. Er wollte seiner Geliebten ent-
gegengehen, aber sie war schneller und riss die
Tür seines Arbeitszimmers auf. Wenig begeistert

ließ er sich von ihr zur Begrüßung küssen, sagte dann aber: »Ich muss mit dir sprechen. Komm bitte mit rüber ins Wohnzimmer.«

Erstaunt antwortete sie: »Was ist los? Du schaust so ärgerlich aus? Hab ich was verbrochen?«

Andreas griff wortlos nach ihrem Arm und schob sie ins andere Zimmer. Nachdem sie sich nebeneinander auf die Couch gesetzt hatten, schaute er seine Freundin an und er konnte hinterher nicht mehr sagen, was ihn da geritten hatte, denn eigentlich wollte er ihr sagen, dass er sich von ihr trennen möchte. Aber schließlich brachen aus ihm ganz andere Worte heraus. »Hast du etwas mit dem Verschwinden von Margarete zu tun?«

Entsetzt sprang Angela auf und rief: »Sag mal, tickst du noch ganz richtig? Geht's noch?«

»Entschuldige. Ich weiß auch nicht, was in mich gefahren ist.« Andreas griff nach ihrer Hand und zog sie zurück aufs Sofa. »Es tut mir leid. Ich glaube das nicht wirklich. Ich bin ein bisschen durcheinander.« Und dann erzählte er ihr von dem Anruf und seinem Verdacht. Als er endete, sagte Angela nichts, sondern schaute ihn nur ungläubig an. Schließlich räusperte sie sich und meinte: »Und was willst du jetzt tun?«

»Ich werde meine Frau finden. Aber unabhängig davon wollte ich sowieso mit dir sprechen. Ich möchte, dass wir uns eine Weile nicht mehr sehen. Ich muss mich auf meine Arbeit konzentrieren. Außerdem war es uns beiden doch klar, dass das mit uns nicht von Dauer sein kann. Mir ist auch bewusst geworden, dass ich Margarete immer noch liebe.«

Erneut sprang seine Geliebte wie eine Furie auf. »Von wegen und so, eine Weile nicht sehen. Schließlich hast du mich hier einziehen lassen. Und die ganze Zeit, als Grete noch da war, war ich dir auch gut genug, weil mit ihr nichts lief. Und jetzt möchtest du mich so einfach abservieren. Das ist nicht fair.«

»Aber das stimmt doch so überhaupt nicht…….«

Aber Angela ließ ihn nicht ausreden. »Ich habe die Nase voll. Deine besten Zeiten sind sowieso vorbei. Warum sollte ich also bei so einem Loser bleiben. Ich hole morgen meine Sachen und lasse den Schlüssel dann hier. Ich schreibe dir vorher eine Nachricht und wünsche, dass du in der Zeit das Haus verlässt.« Mit diesen Worten verließ sie die Wohnung.

Die einsame Frau

Isabel Jakobs saß vor einem Stapel Bilder und die Tränen liefen ihr übers Gesicht. Die Mittvierzigerin hatte sich alte Fotos angeschaut und dabei war ihr ein Ultraschallbild in die Hände gefallen, das damals während ihrer Schwangerschaft entstanden war. Letztes Jahr war ihr Mann, nach jahrelanger Krankheit, gestorben und da sie heute einen etwas melancholischen Tag hatte, war ihr auf einmal danach zumute, in Erinnerungen zu schwelgen. Kurzentschlossen hatte sie die Fotoschachtel vom Schrank heruntergeholt. An das Bild hatte sie schon gar nicht mehr gedacht. Aber jetzt empfand sie, nachdem der erste Schreck nachgelassen hatte, eine tiefe Traurigkeit. In den letzten dreißig Jahren war kein Tag vergangen, an dem sie ihren damaligen Entschluss, ihr Kind nach der Geburt zur Adoption freizugeben, nicht bereut hätte. Isabel war damals fünfzehn Jahre alt gewesen und wusste nicht einmal, wo der Vater des Kindes wohnte. Sie hatte ihn auf einer Party kennengelernt und danach niemals wiedergesehen. Mit zwanzig Jahren hatte sie dann Markus, ihren Mann, kennen und lieben gelernt. Der Kinderwunsch des Ehepaars war leider unerfüllt geblieben. Nach einer Untersuchung durch den

Frauenarzt wurde geklärt, dass es an ihr und nicht an ihrem Ehemann lag. Dieser nahm das gelassen und malte seiner Frau das gemeinsame Leben ohne Kinder in den schillerndsten Farben aus. Tatsächlich war es ihnen dadurch, dass er sehr gut verdiente, möglich gewesen, einen hohen Lebensstandard zu halten und viele Reisen zu unternehmen. Aber nun war er tot und Isabel blieb nichts, außer den Erinnerungen und einem Stapel Fotos. Sie hatten beide kaum Freundschaften gepflegt, waren sie sich doch immer selbst genug gewesen. Und dann war diese schreckliche Krankheit gekommen. Isabel schluchzte auf. So konnte es nicht weitergehen. Eine Beschäftigung musste her. Sie würde gleich morgen ihren schon länger gehegten Wunsch in die Tat umsetzen und im Städtischen Klinikum nachfragen, ob sie dort vielleicht ehrenamtlich tätig werden konnte. Als grüne Dame, so nannte sich diese Tätigkeit, soweit Isabel wusste. Da sie im Moment arbeitslos war, saß sie viel zu oft zu Hause und grübelte. Es würde ihr sicher helfen, kranken Menschen zuzuhören und sie im Klinikalltag zu unterstützen. Den Patienten würde es bestimmt auch guttun. Und nun war ein Spaziergang an der frischen Luft angesagt. Kurzentschlossen erhob sich Isabel und verließ das kleine Häuschen am Wartberg, das sie damals zusammen mit Markus gekauft hatte.

Der Schock

Andreas betrat seine Wohnung, ging auf direktem Weg ins Wohnzimmer und warf seine leichte Sommerjacke achtlos auf den Sessel. Er ließ sich erschöpft auf das Sofa fallen. Er hatte nun einige Tage lang Harald Emmrich observiert. Aber es gab keinerlei Hinweise darauf, dass dieser irgendetwas mit dem Verschwinden von Margarete zu tun haben könnte. Vor der Wohnung von Matthias Brecht war Andi einige Stunden umsonst gestanden, um dann von einem Nachbarn erfahren zu müssen, dass Herr Brecht die Wohnung schon vor vielen Wochen gekündigt hatte und weggezogen war. Auf die Frage „wohin", kam nur die ungenaue Antwort „wahrscheinlich ins Ausland". Das waren allerdings nur Gerüchte. Genaueres wussten auch die anderen Nachbarn nicht. Andreas war im Nachhinein eingefallen, dass Brecht damals sehr aggressiv bei seiner Festnahme gewesen war und ihm mit Rache gedroht hatte. Daran hatte er überhaupt nicht mehr gedacht. Aber nun traf ihn diese Erkenntnis wie ein Blitzschlag. Er wurde vom Klingeln an der Haustür aus seinen Gedanken gerissen. »Was ist denn nun schon wieder«, murmelte er unwillig vor sich hin.

Er riss die Tür auf, ohne durch den Spion geschaut zu haben, und erstarrte. Da standen zwei ihm völlig unbekannte Polizeibeamte in Uniform. Bevor er in der Lage war, etwas zu sagen, stellten die beiden sich mit ihren Namen vor und sagten, dass sie von der Kriminalpolizei Karlsruhe seien.

»Dürfen wir bitte hereinkommen?«, fragte der eine vorsichtig. Etwas an der Art, wie er sich ausdrückte, gefiel Andreas überhaupt nicht. Er nickte und trat zur Seite. Nachdem die drei im Wohnzimmer Platz genommen hatten, fragte der ältere Beamte: »Ist Ihnen eine Frau Angela Brenner bekannt?«

»Ja, das ist meine Freundin? Warum fragen Sie? Ist etwas passiert?« Andreas merkte, wie ihm der Schweiß aus allen Poren brach. Die ganze Situation war klar. Es konnte nur eines bedeuten, nämlich, dass Angela etwas passiert war.

»Ist alles in Ordnung?«, fragte der andere Polizist.

»Ja, aber was soll das Ganze? Jetzt reden Sie schon.«

Der Jüngere räusperte sich: »Also, Frau Brenner hatte heute Nachmittag einen Unfall auf der B10. Sie war eingeklemmt in ihrem Auto und ist leider schon auf der Fahrt ins Krankenhaus verstorben. Es tut uns sehr leid. Wir haben in ihrer Handtasche eine Visitenkarte von Ihnen gefunden und sonst waren da keine Hinweise auf irgendwelche Angehörigen.«

Andreas saß da wie betäubt. Er konnte nicht begreifen, was er da gerade gehört hatte. Das Zimmer begann sich zu drehen. Wie durch einen Nebel sah er die Polizisten. Weit entfernt hörte er den einen sagen: »Harry, rufe einen Arzt. Schnell! Das gefällt mir nicht.«

Er hörte sich noch sagen: »Nicht irgendeinen Arzt, sondern Axel Sanders. Das ist mein Freund und Hausarzt.« Dann war da alles schwarz……

Andreas schlug die Augen auf und sah zuerst verschwommen, dann immer klarer die Gesichter der Beamten vor sich. Ruckartig wollte er sich aufrichten, als der Polizist, der sich Harry nannte, ihn sanft daran hinderte. Er hatte Glück gehabt. Da er auf dem Sofa gesessen war, hatte er sich nicht verletzt, sondern war nur auf die Seite gekippt.

»Bleiben Sie bitte liegen.«

»War ich lange bewusstlos? Haben Sie schon einen Arzt gerufen?«

»Nein, Sie waren nur ein paar Sekunden lang weg. Wir rufen jetzt gleich den Arzt an. Wie sagten Sie? Dr. Sanders?«, fragte Harry

»Ja, aber das ist wirklich nicht notwendig. Ich bin nur unterzuckert, weil ich den ganzen Tag unterwegs war und noch nichts gegessen habe.«

Aber Harrys Kollege ließ sich nicht beirren und hatte schon die Telefonnummer des genannten Arztes herausgesucht und tippte diese in sein Handy. Andreas rappelte sich nun doch auf, lehnte sich aber sogleich an die Lehne der Couch, nachdem er bemerkte, dass er sich doch sehr schwach fühlte. So nach und nach wurde ihm klar, was geschehen war. Sogleich wurde er von schweren Schuldgefühlen geplagt, hatte er Angela doch fortgeschickt. Dann durchfuhr ihn ein Gedanke mit aller Macht und er rief aus: »Dieses Schwein! Jetzt hat er auch noch Angela umgebracht.«

Irritiert schauten die Polizeibeamten ihn an. »Wer?«, meinten sie wie aus einem Munde.

Nun riss sich Andreas zusammen, indem er sich selbst ermahnte, dass er wohl doch unter Verfolgungswahn litt und fragte vorsichtig: »Wie ist das überhaupt passiert?«

»Es ist so, dass Frau Brenner von der Fahrbahn gedrängt wurde. Ein Augenzeuge hat berichtet, dass ein roter BMW den Wagen Ihrer Freundin beim Überholen so geschnitten hat, dass sie von der Fahrbahn abkam. Ihr Wagen hat sich dann auf der Wiese mehrfach überschlagen und ist schließlich auf dem Dach liegen geblieben. Der Fahrer des anderen Fahrzeuges ist geflüchtet. Leider konnte der Zeuge sich die Nummer des Kennzeichens nicht merken. Aber ich bin mir sicher, dass wir ihn finden werden.«

Der Privatermittler war bei diesen Worten leichenblass geworden. Nun war es für ihn klar, dass das die Rache des Drohbriefschreibers war. Aber er würde sich eher auf die Zunge beißen, als das den Beamten zu sagen. Das musste er alleine herausfinden. Schließlich ging es um das Leben seiner Frau. »Wer weiß denn schon, was der Irre mit Margarete macht, wenn er mitbekommt, dass ich die Polizei eingeschaltet habe«, dachte er sich.

»Was meinten Sie denn vorhin damit, dass jemand Frau Brenner umgebracht haben soll?«, wollte der Beamte Harry nun wissen.

»Nichts, ich weiß auch nicht, das muss wohl mit meinem Schwächeanfall zu tun gehabt haben.«

Etwas ungläubig schauten die beiden ihn an und der Ältere wollte gerade etwas sagen, als es klingelte. Erleichtert meinte Andreas: »Das muss mein Arzt sein.«

Nachdem Dr. Sanders seinen Freund besorgt begrüßt hatte, wandte sich Harry noch einmal an Andi. »Eine Frage hätten wir noch. Hat Angela Sanders Angehörige?«

»Nein, ihre Eltern leben nicht mehr und Geschwister hat sie keine. Eine Tante gibt es da noch, aber die lebt nicht hier in der Nähe. Keine Ahnung, wo die wohnt.«

»Okay, dann lassen wir Sie jetzt mal in Ruhe. Es kann aber sein, dass wir in den nächsten Tagen noch mal mit Ihnen sprechen müssen.«

Andreas nickte und Axel Sanders begleitete die Beamten zur Tür.

Pforzheim

Kevin und Lea standen vor der Wohnungstür von Gabi Schreiner und warteten ungeduldig darauf, dass die Tür geöffnet wurde. Frau Schreiner arbeitete im Moment nicht, da sie nach der Ermordung ihrer Mutter einen Nervenzusammenbruch erlitten hatte und so gingen die beiden davon aus, dass sie zu Hause sein würde. Endlich hörten sie schlurfende Schritte und die Tür wurde geöffnet. Die Tochter von Annette Schreiner sah entsetzlich aus. Die Haare hingen ihr strähnig ins Gesicht und sie war leichenblass.

»Was ja nach dieser Sache kein Wunder war«, dachte sich Lea. Da Gabi Schreiner die Kommissarin schon kannte, stellte sich nur Kevin vor. Nach kurzem Zögern ließ Gabi die beiden eintreten. Nachdem sie sich im Wohnzimmer niedergelassen hatten, schaute sich Lea um und bemerkte, wie geschmackvoll diese Wohnung, die sich ebenfalls im Rodgebiet, nur ein paar Straßen von der Wohnung ihrer Mutter befand, eingerichtet war. Das Mehrfamilienhaus sah von außen relativ einfach aus, im Gegensatz zu den umstehenden Gebäuden, deshalb hatte sie nicht mit so einer Einrichtung gerechnet und es verschlug ihr regelrecht die Sprache. Die Möbel waren nur vom

Feinsten. Lea konzentrierte sich nun aber wieder auf Frau Schreiner und schaute sie voller Mitleid an. »Wie geht es Ihnen? Ich weiß, das ist eine blöde Frage in dieser Situation. Aber ich meine, kommen Sie allein zurecht oder brauchen Sie Hilfe? Wir haben Anlaufstellen, die Ihnen auch bei diesem schweren Weg helfen können.«

»Nein, ich komme schon zurecht. Ich bin erstmal krankgeschrieben und in ärztlicher Betreuung und habe auch Medikamente bekommen.«

»Gut, Sie werden sicher verstehen«, mischte sich nun Kevin ein. »Dass wir den Mord so schnell wie möglich aufklären möchten. Daher benötigen wir von Ihnen einige Auskünfte. Wie ihre Mutter gelebt hat und welchen Freundeskreis sie hatte. Vielleicht können Sie uns da weiterhelfen.«

»Wie schon gesagt, hat meine Mutter sehr zurückgezogen gelebt, war alleinstehend und hatte eigentlich niemanden, außer der Nachbarin, mit der sie sich angefreundet hat. Und Feinde gab es erst recht keine. Sie war der liebste Mensch auf der Welt.«

Skeptisch sah Kevin den kleinen Rehpinscher an, der hingebungsvoll sein Hosenbein beschnüffelte. Er hatte Angst vor Hunden, da er als Kind einmal gebissen worden war. Aber er redete sich gut zu, dass dieser kleiner Pinscher - im wahrsten Sinne des Wortes - ihm wohl nicht viel anhaben konnte. Lea bemerkte die Unsicherheit ihres Kollegen und meinte spöttisch zu ihm: »Brauchst du Hilfe?«

Sein Gesicht nahm eine rötliche Farbe an und er erwiderte barsch, was sonst nicht seine Art war: »Quatsch«, und wandte sich wieder Frau Schreider zu. »Und Sie haben keine Geschwister?«

»Doch, ich habe einen Stiefbruder.«

»Einen Stiefbruder?«, fragten Lea und ihr Kollege gleichzeitig. »Davon ist uns nichts bekannt.«

Gabi zuckte mit den Schultern. »Nun, ich war gestern nicht in der Lage, irgendwas zu sagen. Mein Bruder Sven lebt im Ausland, in Spanien. Er arbeitet dort bei einer größeren Firma. Wir sehen uns selten, telefonieren aber regelmäßig.«

»Sie haben also ein gutes Verhältnis?«, wollte Lea nun wissen.

»Ja, das kann man so sagen. Er war für mich immer wie ein echter Bruder. Er ist drei Jahre älter als ich. Meine Eltern dachten, dass sie keine Kinder bekommen könnten und haben nach langem Hin und Her Sven adoptiert. Dann ist es schließlich einfach passiert, meine Mutter wurde zwei Jahre später schwanger mit mir und so waren wir eine glückliche Familie. So kann man das sagen.«

Nachdenklich blickten sich die Polizeibeamten an. Jeder dachte dasselbe. Das konnte doch nicht wahr sein. Schon wieder ein Adoptivsohn. Was hatte das zu bedeuten?

»Bitte geben Sie uns die Telefonnummer ihres Bruders, damit wir auch mit ihm sprechen können.«

Nachdem Gabi Schneider die Nummer notiert hatte, verabschiedeten sich die Beamten und verließen schweigend, jeder in seine Gedanken versunken, das Haus. Sie mussten dringend eine Besprechung abhalten.

Spanien

Margarete saß auf dem Bett in dem kleinen kargen Raum und hatte ihre angezogenen Beine mit den Armen umklammert. Sie befand sich in Spanien in einem kleinen Ferienort. Sie war verzweifelt und konnte nicht mehr verstehen, wie sie in diese Situation geraten war. Alles war doch so schön gewesen. Endlich hatte sie sich mal wieder begehrt gefühlt. Die Zeit mit Matthias war wunderschön gewesen. Aber nur in Deutschland. Andreas, ihr Mann, hatte sie kaum noch beachtet, aber inzwischen war sich Margarete klar, dass sie sich das nur eingeredet hatte, um ihr schlechtes Gewissen zu betäuben. Bis vor ein paar Wochen war sie sich auch noch sicher gewesen, nicht auf das Angebot von ihrem Geliebten einzugehen, mit ihm zusammen Deutschland zu verlassen. Aber irgendwann hatte er ihr ein Ultimatum gestellt und gedroht, dass es mit ihrem Verhältnis zu Ende sei, wenn sie nicht mit ihm gehen würde und irgendwie konnte sie nicht anders. Sie musste den Verstand verloren haben. Nun waren sie hier in Maryvilla, einem Urlaubsgebiet, das zu Calpe gehörte. Vier Wochen lang war alles noch normal gewesen, wenn auch nicht ganz so berauschend wie zuvor, als Matthias plötzlich sein wahres Gesicht gezeigt hatte. Er war immer mürrischer geworden, ging öfters viele Stunden aus dem Haus und sie war sich sicher, dass er was mit anderen Frauen hatte. Er roch ständig nach irgendeinem billigen Parfum und schließlich hörte er auf, sich mit ihr zu unterhalten. Bis dahin hatte sie sich auch noch frei bewegen dürfen. Dummerweise hatte sie sich an seine Anweisung gehalten, ihrem Mann nichts von ihrem Vorhaben zu erzählen, warum auch immer. Sie musste verrückt gewesen sein. Bei ihr selbst war es wohl Feigheit gewesen, dass sie darauf eingegangen war. Schließlich hatte sie sich entschlossen, Andi anzurufen. Seit längerem war ihr Handy verschwunden. Inzwischen war ihr klargeworden, dass Matthias es genommen haben musste. Da kein Festnetzanschluss vorhanden war, war sie in die Diele geschlichen, um zu telefonieren. Ihren Freund vermutete sie am Pool, der zu dem kleinen gemieteten Häuschen gehörte. Margarete hatte das Telefon in die Hand genommen, die Nummer von zu Hause eingetippt und gerade als ihr Mann sich meldete, war ihr Geliebter hereingestürmt gekommen und hatte ihr eine schallende Ohrfeige versetzt, so dass das Telefon krachend auf die Bodenfliesen gefallen war. Anschließend wurde sie hier in diesem kleinen Raum eingesperrt. Das war gestern gewesen. Und nun konnte sie überhaupt nicht nachvollziehen, was geschehen war.

In diesem Moment wurde die Tür aufgerissen und Matthias betrat den Raum. Er lehnte sich gegen den Türrahmen und meinte: »Was mache ich jetzt nur mit dir?«

Fassungslos sah Margarete ihn an und fragte: »Was soll denn das? Ich habe dir doch nichts getan. Dass du andere Frauen hast, habe ich schon länger bemerkt, aber lass uns doch wie erwachsene Menschen einfach unser Verhältnis beenden. Dann kann ich nach Hause gehen und du machst, was du willst. Wo ist das Problem?«

»Ja, das wäre vielleicht eine Möglichkeit gewesen, aber nun ist es zu spät. Du könntest mich anzeigen, wegen Freiheitsentzug und körperlicher Gewalt. Außerdem habe ich noch etwas vor. Nicht direkt mit dir, aber du bist der Schlüssel dazu. Von Anfang an habe ich das so geplant. Du denkst doch wohl nicht wirklich, dass ich mich in dich verliebt habe.«

Entsetzt sah Margarete ihn an. Sie konnte nicht glauben, was sie da soeben gehört hatte.

»Was sagst du denn da? Bist du wahnsinnig?«

»Nein, ganz und gar nicht. Ich habe noch ein Hühnchen mit deinem Mann zu rupfen. Er hat mir ein paar Jahre meiner Freiheit genommen. Dafür wird er büßen. Ich werde ihn noch eine Weile zappeln lassen und dann kann ich dich eigentlich nicht mehr gehen lassen, weil ich sonst im Gefängnis lande. Also, muss ich mir was anderes überlegen.« Mit diesen Worten verließ er den Raum und ließ seine Gefangene fassungslos zurück.

Matthias

Matthias ließ sich erschöpft auf die Holzbank in der großen Wohnküche fallen. Was hatte er sich da nur eingebrockt? Planlos hatte er gehandelt, erfüllt von seinen Rachegedanken. Die wunderbare Idee, die Frau seiner Zielperson zu verführen und Andreas Stahl auszuspannen, war ihm perfekt erschienen. Mehr hatte er zunächst nicht vorgehabt. Nur ein bisschen ärgern wollte er den Mann, der dafür gesorgt hatte, dass er ins Gefängnis gekommen war. Aber dann entwickelte sich alles anders. Die Ehe von den beiden schien sowieso am Scheitern zu sein. Also musste ein neuer Plan her. Er grübelte, Margarete verschwinden zu lassen, damit Stahl sich dann vielleicht doch Sorgen machen würde. Vor allem, nachdem er diesen Drohbrief an ihn geschrieben hatte. Vielleicht würde dieser dann Angst bekommen, es könnte mehr passieren oder bemerken, dass ihm seine Frau doch nicht ganz egal wäre. Gesagt, getan, entwarf er den Plan, mit ihr nach Spanien zu gehen. Aber irgendwie wusste er dann, als sie dort angekommen waren, nicht so recht, was er tun sollte. Einen Erpresserbrief schreiben? Ums Geld ging es ihm ja nicht. Davon hatte er genügend auf der Seite von früheren krummen Geschäften. Außerdem hatte ihm das Verhältnis mit dieser Frau auch ein bisschen Spaß gemacht. Und da er ein bequemer Mensch war, ließ er alles einfach so laufen. Aber irgendwann hatte er das Interesse an ihr verloren. Außerdem hatte er eine andere Frau in Calpe kennengelernt. Eine Spanierin, die eine deutsche Mutter hatte und sehr gut deutsch sprechen konnte. Und dann war heute alles eskaliert. Nun hatte er eine Gefangene am Hals und wusste nicht, was er mit ihr anfangen sollte. Seine neue Freundin wurde auch immer ungeduldiger, weil er immer neue Ausreden erfinden musste, warum er sie nicht mit zu sich nehmen konnte. Er erzählte ihr, dass er ein eigenes Haus hätte, das gerade renoviert werden musste und es eine Überraschung für sie werden solle. Bis jetzt glaubte sie ihm das. Aber wie lange noch? Im Moment war er sehr verzweifelt und wusste keinen Ausweg aus dem Dilemma.

Überaschende Entdeckung

Peter Baumann befand sich im Wartebereich der Geburtenstation und wartete, bis der Chefarzt Zeit hatte. Geduldig blätterte er in einer Zeitschrift. Da er Warten gewohnt war und die Einstellung hatte, dass es durch Ungeduld nicht schneller gehe, war Peter die Ruhe selbst. Da kam der Arzt auch schon und fragte nach einer knappen Begrüßung: »Was kann ich für Sie tun?«
Man sah dem Mann an, dass er etwas gestresst war. Er hatte sich mit Dr. Rieger vorgestellt.
»Guten Tag, mein Name ist Peter Baumann von der Kriminalpolizei Pforzheim. Im Zuge einer Ermittlung muss ich mit Ihnen sprechen.«
Der Arzt sah den Ernst der Lage ein und bat den Kommissar, ihn in sein Büro zu begleiten. Nachdem Peter sein Anliegen vorgebracht hatte und wissen wollte, welche Kinder an besagtem Tag vor 35 Jahren geboren und zur Adoption freigegeben worden waren, meinte Dr. Rieger allerdings gelassen: »Sie wissen schon, dass ich Ihnen da keine Auskunft geben darf. Da brauchen Sie eine richterliche Anordnung.«
»Das weiß ich natürlich, aber es geht hier um Mord und es könnte jederzeit eine dritte Frau brutal ermordet werden. Natürlich werde ich eine

richterliche Anordnung bekommen, aber ich dachte, im Interesse, dass nicht noch mehr geschieht, wären Sie eventuell bereit, mir dazu eine Auskunft zu geben.«

»Nein, dazu bin ich nicht bereit, aber……« Er bat den Kommissar, ihm noch kurz zuzuhören, als der sich erheben wollte. »Ich möchte Ihnen etwas sagen.« Nachdenklich lehnte er sich in seinen Stuhl zurück. Peter sah den Chefarzt erwartungsvoll an. »Also, es ist so, dass vor ein paar Wochen sich schon mal jemand genau nach Geburten an diesem Tag erkundigt hat. Normalerweise wüsste ich das gar nicht, aber eine Schwester hat das mitbekommen. Es gab eine Menge Ärger deswegen. Es gibt da eine Krankenschwester, die mit dem Mann, der sich erkundigt hatte, befreundet ist. Sie wurde dann nicht gekündigt, aber sie bekam eine Abmahnung.«

»So«, erwiderte Peter. »Dann brauche ich jetzt den Namen der Schwester, denn ich muss genau wissen, wie der Mann heißt. Vielleicht können wir dadurch weitere Morde verhindern. Unter diesen Umständen muss ich auch sofort von Ihnen die Namen der Frauen erfahren, die an diesem Tag, hier, in dieser Klinik, Babys geboren haben.« Peter schob dem Arzt einen Zettel über den Schreibtisch, auf dem das genaue Datum stand, und fuhr fort: »Denn eine von diesen Personen könnte jetzt in Lebensgefahr schweben. Es ist also besser, Sie arbeiten mit uns zusammen und geben mir auf der Stelle die Namen. Wir können natürlich auch auf die richterliche Anordnung warten, aber bis dahin könnte es schon zu spät sein.«

Peter hatte sich richtig in Rage geredet und musste tief Luft holen, da er das Atmen vergessen hatte. Dr. Rieger war ziemlich blass geworden und inzwischen bereit, seinem Gegenüber zu helfen. Er erhob sich mit den Worten: »Ich bringe Sie jetzt zu der besagten Krankenschwester und in der Zwischenzeit, während Sie mit ihr sprechen, suche ich die Namen aller Kinder heraus, die an diesem Tag geboren wurden. Welche davon adoptiert wurden, müssen Sie allerdings mit dem Jugendamt klären.« Er griff nach dem Zettel und verließ hastig den Raum. Der Kommissar folgte ihm.

Der Brief

Isabel Jakobs kam in bester Stimmung zu Hause an. Sie hatte heute ihren ersten Tag als grüne Dame im Krankenhaus gehabt und es hatte ihr sehr gut gefallen. Es war genau die Erfüllung und Bestätigung, die sie im Moment so notwendig brauchte. Das Gefühl, helfen zu können, war einfach wunderbar. Gut gelaunt schloss sie Ihren Briefkasten auf, nahm vier Briefe heraus und ging die drei Stufen bis zu ihrem Wohnbereich hinauf. Dort angekommen, hängte sie sorgfältig ihre Sommerjacke an der Garderobe auf und legte die Post auf ihre Kommode in der Diele. Als ihr Blick an einem Brief hängen blieb, auf dem handschriftlich ihr Name stand, nahm sie diesen zögernd in die Hand, öffnete ihn, holte das weiße Blatt, dass sich darin befand, heraus und erstarrte. Da stand doch tatsächlich: „Liebe Mutter, ich habe dich die letzten 30 Jahre vermisst. Warum hast du das getan? Warum hast du mich weggegeben? Wenn du es mir sagen willst, komme ich morgen Abend um 22 Uhr zu dir und wir können uns endlich aussprechen. Wenn du mir nicht öffnest, dann weiß ich, dass du nichts von mir wissen möchtest. Dein Sohn."

Fassungslos ließ sich Isabel, den Brief und den Umschlag immer noch in der Hand haltend, auf den Boden sinken. Sie blieb, an die Wand gelehnt, ungefähr eine halbe Stunde erstarrt dort sitzen und schaute immer wieder ungläubig auf diese Worte. Sie waren mit einem Computer geschrieben worden. Der unfrankierte Umschlag musste vom Verfasser selbst in ihren Briefkasten geworfen worden sein. Ihre Starre löste sich und Tränen liefen ihr übers Gesicht. Als Isabel wieder klar denken konnte, überkam sie eine fürchterliche Panik. War das wirklich ihr Kind, das sie damals weggegeben hatte? Wie hatte er sie gefunden und wie sollte sie sich verhalten? Was erwartete er um Himmels willen von ihr? Das darf doch alles nicht wahr sein. Sie schluchzte auf, erhob sich mühsam, schleppte sich ins Wohnzimmer, öffnete ihren Schrank und holte ein Cognacglas und eine Flasche Schnaps heraus. Zitternd goss sie das Glas randvoll und trank es in einem Zug leer. Sie ließ sich aufs Sofa sinken, unschlüssig, was sie morgen Abend tun sollte.

Risiko

Vorsichtig schaute Margarete nach rechts und nach links, während sie ein paar Lebensmittel aus dem Regal holte, um diese in den Einkaufswagen zu legen. Matthias hatte sie vor einer Stunde aus ihrem Gefängnis befreit, damit sie ihn beim Einkaufen begleiten sollte. Das machte er nämlich nie allein. Dazu war er zu träge. Seine Gefangene musste sich Gedanken machen, was es zu essen geben sollte und was sie für Zutaten dafür benötigte. Dieses Mal ließ er sie keine Sekunde aus den Augen, das war doch zum Verrücktwerden. Es waren natürlich einige Leute um sie herum, mit denen sich Margarete gut auf Spanisch hätte verständigen können, da sie die Sprache recht gut beherrschte, aber sie hatte keine Gelegenheit dazu. Der zusammengefaltete Zettel war in ihrem Söckchen gut versteckt und sie hoffte, dass er nicht herausfallen würde, da die Strümpfe ziemlich kurz waren. Sie zuckte zusammen, als die Stimme von Matthias hinter ihr ertönte: »Jetzt beeil dich doch mal. Ich möchte hier nicht festwachsen.«
»Ich bin ja gleich fertig«, antwortete Margarete ängstlich. »Ich muss nur noch zur Käsetheke.«
»Na, dann, auf geht's.«

Dort angekommen, erwartete sie eine lange Schlange. Margarete hoffte aufs Neue, dass es ihm zu dumm werden und er sie wenigstens einen kurzen Moment aus den Augen lassen würde. Aber nein, dieses Mal war er sehr penetrant und stand direkt neben ihr, bis sie an der Reihe war. So blieb ihr nichts anderes übrig, als sich mit ihm zur Kasse zu begeben. Auch dort standen einige Kunden bereits an und sie mussten sich hinten an die Menschenschlange stellen.

Nach ungefähr zehn Minuten - sie hatten schon alles aufs Band gelegt - waren sie endlich dran. Auf einmal hörte sie eine Stimme: »Hi Matthias, schön, dich zu sehen.« Da stand doch tatsächlich eine Blondine, die ihren ehemaligen Geliebten kokett anlächelte. Matthias drehte sich um und ging auf die Frau zu. Margarete war klar, dass sie nur diese eine Gelegenheit hatte und diese nutzen musste. Schnell bückte sie sich, holte den kleinen Brief aus ihrem Socken und schob ihn unauffällig der jungen hübschen Kassiererin zu, während sie flüsterte: »Necesito ayuda. Podrías enviar este papel a Alemania? Aqui he escrito la dirección.« Sie deutete auf ihre Adresse in Deutschland und danach machte sie eine angedeutete Kopfbewegung in Richtung Matthias.

»Este hombre no debe saberlo.« Kurz schaute die dunkelhaarige Schönheit etwas verwirrt aus, dann antwortete sie in einwandfreiem Deutsch: »Was ist denn los?« Die Frau hatte verstanden, dass Margarete Hilfe brauchte und sie diesen Brief nach Deutschland schicken sollte, aber es war ihr natürlich nicht klar, warum.

»Er hält mich gefangen, mehr kann ich nicht sagen«, flüsterte Margarete hastig, denn Matthias kam gerade wieder zurück. Die dunkelhaarige Frau schluckte, nickte und sagte wieder auf Spanisch den Betrag, der zu zahlen war. Unendliche Erleichterung durchflutete Margarete. Jetzt würde alles gut werden. Andreas würde sie nicht im Stich lassen, wenn er den Brief erst einmal bekommen hatte, da war sie sich sicher. Jetzt hieß es nur noch, sich ein paar Tage zu gedulden. Sicher würde sich Andi sofort ins Flugzeug setzen und sie befreien.

Polizeirevier

Peter Baumann hatte seine Kollegen zu einer Besprechung zusammengerufen. Nun ging er unruhig vor der Magnettafel hin und her, erhob sich schließlich, blieb stehen und schaute sein Team an, das sich um den Tisch herum versammelt hatte. »Es ist absolute Eile geboten. Wir müssen versuchen, einen weiteren Mord zu verhindern. Ich habe gerade aus dem Krankenhaus die Namen der Frauen erhalten, die an diesem Tag Kinder geboren haben. Jetzt müssen wir noch herausfinden, wer von ihnen sein Kind zur Adoption freigegeben hat. Da gibt es sicherlich einen Zusammenhang, das ist ganz klar. Frau Eberhard steht tatsächlich auf der Liste. Annette Schreiner auch, aber das Seltsame ist, dass sie an diesem Tag ihre Tochter geboren hat und keinen Sohn. Was gibt es Neues von Gabi Schreiner?«

»Wie ich dir schon am Telefon erzählt habe, hat sie ebenfalls einen Adoptivbruder. Ansonsten, das gleiche wie bei Frau Eberhard. Beide haben ein zurückgezogenes Leben geführt, einen guten Kontakt zu ihren Töchtern gehalten und lediglich eine Freundschaft mit einer Nachbarin gepflegt. Beide lebten alleine und hatten nach dem Tod ihrer Ehemänner keine Beziehung mehr«, berichtete Lea.

Peter schaute nun Klaus und Thomas fragend an. »Und was sagen die Nachbarn? Habt ihr sie angetroffen?«

»Wir haben mit der Freundin gesprochen. Die konnte uns aber auch nichts Neues sagen. Außerdem haben wir noch zwei Nachbarinnen angetroffen. Die haben aber in der Nacht überhaupt nichts mitbekommen oder gehört.«

»Mist«, entfuhr es dem Chef. »Solche Zufälle kann es nicht geben«, meinte er nachdenklich. »Dass beide einen Sohn adoptiert haben, meine ich. Aber was für ein Zusammenhang da bestehen könnte, ist mir vollkommen schleierhaft, da Frau Schreiner überhaupt keine Probleme mit ihrem Sohn hatte, zumindest laut Aussage der Schwester. Er lebt im Ausland und sie hatten wenig Kontakt, aber sonst hat sie nichts erzählt. Im Gegensatz zu Frau Eberhard, die ein weniger gutes Verhältnis zu ihrem Adoptivsohn hatte. Wir müssen jetzt auf jeden Fall schnell handeln, da ich in der Klinik erfahren habe, dass sich ein Privatdetektiv aus Karlsruhe ebenfalls für die Kinder, die an diesem Tag geboren wurden, interessiert hat und dieser jemand wollte ebenfalls wissen, welche Jungs adoptiert worden sind. Dem Chefarzt wurde zugetragen, dass der Detektiv mit einer Krankenschwester befreundet ist und Auskünfte von dieser erhalten hatte. Sie hat deswegen eine Abmahnung bekommen. Ich konnte zum Glück ebenfalls mit ihr sprechen und habe den Namen des Privatdetektivs erfahren. Er heißt Andreas Stahl und da werde ich jetzt auf jeden Fall sofort hinfahren. Und du, Lea, wirst mich begleiten. Ihr beiden«, er schaute Klaus und Thomas an, »kümmert euch um das Jugendamt. Ich muss genau wissen, welche Jungs, oder nein, besser die Namen aller Babys, die an diesem Tag zur Adoption freigegeben worden sind. Und vor allem brauche ich die Namen von den leiblichen Müttern. Ganz egal, wie spät es heute wird, müssen wir uns anschließend noch mal zusammensetzen.« Er reichte den beiden die Liste, auf der alle Kinder standen, die an diesem Tag geborenen wurden. »Und du Kevin wirst hier die Stellung halten. Es kann sein, dass du ganz schnell zu der Adresse einer weiteren Adoptivmutter fahren musst, weil Gefahr in Verzug sein könnte. Und ihr ebenfalls, wenn ihr mit dem Jugendamt fertig seid. Haltet euch bitte auf

Abruf«, wandte er sich an seine Kollegen. »Es wird wahrscheinlich eine lange Nacht werden.« Mit diesen Worten verließ er, seinem Team zunickend, den Raum. Die Kollegen sahen sich an und Thomas murmelte vor sich hin: »So ist er nur, wenn wirklich große Gefahr besteht. Und alles deutet auch darauf hin, dass ein nächster Mord passieren könnte. Komm, Klaus, lass uns gehen.«

Karlsruhe

Erschrocken zuckte Andreas zusammen, als es klingelte. Nachdem sich an der Sprechanlage niemand meldete, bemerkte er, dass sich schon jemand oben vor der Wohnungstür befand. Er öffnete und schaute verblüfft das Paar vor seiner Tür an. Er erwartete niemanden.

»Was kann ich für Sie tun?«, fragte er in seinem gewohnten geschäftsmäßigen Ton.

»Polizeirevier Pforzheim. Hauptkommissar Peter Baumann und das ist meine Kollegin Lea Sonntag.« Peter hielt dem verdutzten Andreas seinen Ausweis entgegen und deutete auf seine Kollegin. Diese tat es ihm gleich. »Wir sind von der Mordkommission«, fügte er noch hinzu.

Andreas verschwamm kurzfristig alles vor seinen Augen. Die Gedanken wirbelten ihm nur so durch den Kopf. War seine Frau jetzt doch tot? Ermordet? Aber das konnte nicht sein, sie war doch am Telefon gewesen, beruhigte er sich. Er atmete wieder ruhiger.

Lea fragte: »Herr Stahl, geht es Ihnen nicht gut?«

»Doch, doch, alles in Ordnung. Kommen Sie doch herein. Wenn ich mir auch nicht vorstellen kann, was Sie von mir möchten.« Andreas hatte sich nun wieder vollständig gefasst und bat die Polizeibeamten, ihm zu folgen. Nachdem sich die drei um den Esstisch platziert hatten, fragte er aufs Neue: »Wie kann ich Ihnen helfen?« Der Privatdetektiv hatte sich vorgenommen, nichts von dem Anruf seiner Frau zu erzählen. Vielleicht kam ja doch noch eine Lösegeldforderung, wenn das auch recht unwahrscheinlich war, nach dieser langen Zeit. Aber er wollte Margarete nicht unnötig in Gefahr bringen, indem er die Polizei einschaltete. Fast wäre er bereit gewesen, sich von der alleinigen Verantwortung zu befreien und die Polizisten einzuweihen, aber er hatte sich dann doch anders entschieden.

Der Hauptkommissar unterbrach das Schweigen: »Wir ermitteln in zwei Mordfällen und eine Spur hat uns zu Ihnen geführt.«

Entsetzt sah Andreas den Inspektionsleiter an. »Wie bitte?« Mehr brachte er nicht heraus.

»Sie haben sich vor einiger Zeit im Städtischen Klinikum in Pforzheim nach mehreren Personen erkundigt. Ist das richtig?«

In Andis Kopf wirbelte alles durcheinander, bis er schließlich antwortete: »Ach so, ja, das stimmt. Da ging es um meine Ermittlungen. Schließlich bin ich Privatdetektiv.«

»Ja, das wissen wir«, sagte Peter Baumann von oben herab.

»Ich möchte aber nicht, dass meine Bekannte, die in der Klinik arbeitet, jetzt Ärger bekommt«, fügte Andreas noch hinzu.

Nun mischte sich Lea beschwichtigend ein. »Das interessiert uns überhaupt nicht. Es ist nur unsere Aufgabe, die Mordfälle aufzuklären. Und dabei können Sie uns helfen. Wir möchten alles über diesen Auftrag wissen, vor allem, wer der Auftragsgeber war.«

»Wie stellen Sie sich das denn vor? Ich habe schließlich eine Schweigepflicht.

»Guter Mann«, fuhr Peter fort. »Es geht hier um Mord. Oder möchten Sie es vielleicht verantworten, dass es noch mehr tote Frauen gibt? Wir werden auf jeden Fall Einblick in Ihre Dateien bekommen. Allerdings wird es dann, wenn Sie sich jetzt weigern uns zu helfen, ein paar Tage dauern, bis wir eine richterliche Verfügung haben werden und bis dahin kann es schon wieder eine neue Leiche geben. Möchten Sie das riskieren?«

Andreas war blass geworden und dachte sich: »Kann es denn alles noch schlimmer werden?« Er antwortete tonlos: »Dann kommen Sie doch bitte mit nach unten. Dort befindet sich mein Büro.« Im Grunde war er froh, dass er nicht verdächtigt wurde, etwas mit den Morden zu tun zu haben, und dass es bei den Ermittlungen nicht um seine Frau ging.

Margarete

Margarete lag auf dem Bett in dem kärglich ein-
gerichteten Zimmer. Die Bettwäsche muffelte inzwischen schon, aber Matthias gab ihr keine
neue. Es war ihm schlichtweg egal, wie sie sich
fühlte. Sie weinte schon eine halbe Stunde vor
sich hin. Irgendwie konnte sie sich im Moment gar
nicht mehr beruhigen. Seit dem Supermarktbe-
such waren vier Tage vergangen. Natürlich konnte
in dieser Zeit noch nichts passiert sein, das war ihr
schon klar, aber sie hatte so wahnsinnige Angst,
dass der Brief niemals in Deutschland bei Andi an-
kommen könnte. Sie musste sich zusammenreißen und sich gedulden. Vielleicht war es möglich,
ihre Situation hier einfacher zu machen, wenn sie
ein bisschen freundlicher und entgegenkommen-
der zu Matthias wäre. Sexuelles Interesse hatte er
keines mehr an ihr, aber wenn sie sich Mühe beim
Kochen geben würde und ihm anbot, das Haus zu
putzen, konnte das vielleicht hilfreich sein. Vielleicht ließ er sie dann wieder aus diesem Zimmer
heraus. Schließlich konnte er ja die Haustür ab-
schließen. So fasste sie wieder neuen Mut und
schlief schließlich vor lauter Erschöpfung ein.

Margarete erwachte, als die Tür zu ihrem Raum geöffnet wurde. Matthias stand im Türrahmen und sagte mürrisch: »Aufstehen, genug gefaulenzt. Ich habe Hunger. Koch uns was!« Mit diesen Worten verließ er das Zimmer. Die Tür hatte er offengelassen. Sie überlegte nicht lange, sprang mit einem Satz aus ihrem Bett und eilte ihm hinterher, indem sie freundlich meinte: »Was hättest du denn heute gerne? Was soll ich kochen?«

Misstrauisch schaute er sie an, denn in letzter Zeit war sie immer trotzig gewesen. Das kam ihm seltsam vor. Deshalb antwortete er ungehalten: »Was hast du vor? Komm nur nicht auf die Idee, irgendwelche Dummheiten zu machen. Hier kommst du nicht raus. Es ist alles gesichert.«

Margarete versuchte ein Lächeln hinzubekommen, legte ihre Hand auf seine Schulter und sagte: »Matthias, ich will doch gar nicht weglaufen. Ich meine«, stotterte sie herum, weil ihr das Gesagte falsch vorkam. »Natürlich würde ich gerne gehen, aber ich habe es eingesehen, dass das nicht geht. Und außerdem, wo soll ich auch hin. Zurück zu meinem Mann kann ich nicht. Also, lass uns das Beste aus dieser Situation machen. Ich möchte dich bitten, mir ein bisschen Freiraum zu lassen, dass du mich nicht wie ein Tier einsperrst. Denk doch an unsere schöne Zeit. Hat dir das denn gar nichts bedeutet?«

Nachdenklich schaute Matthias seine Gefangene an und meinte einlenkend: »Es hätte was mit uns werden können, wenn dein Mann nicht wäre. So habe ich mich gar nicht auf eine Beziehung mit dir eingelassen. Es geht mir nur um Rache. Ich habe keine Gefühle für dich, aber wenn du schön artig bist und hier alles sauber hältst und mich gut versorgst, können wir darüber reden, dass du nicht mehr eingesperrt sein musst. Mehr will ich von dir nicht. An den Fenstern sind überall Gitter, die Tür ist gut verriegelt, also, kannst du gar nicht entkommen. Nur, wenn ich aus dem Haus gehe, dann werde ich dich in den Raum sperren, denn falls du auf die Idee kommen solltest zu schreien, wird dich dort niemand hören, da das Zimmer schallisoliert ist. Es dringen von dort keine Geräusche nach außen.«

»Einverstanden«, Margarete atmete erleichtert auf. Mehr konnte sie im Moment nicht erwarten. Es hieß nun, einfach abzuwarten, bis Andreas kommen und sie befreien würde. Nachdem

Matthias seine Wünsche in Bezug auf das Mittagessen geäußert hatte, begab sie sich einigermaßen zufrieden an den Herd und bemühte sich, besonders gut zu kochen.

Überraschung

Andreas Stahl lief unruhig in seiner Wohnung auf und ab. Ab und zu raufte er sich die Haare.
Er wusste einfach nicht mehr weiter. Das Beobachten der beiden Männer hatte nichts gebracht. Aber irgendetwas musste unternommen werden. Er würde wohl doch zur Polizei gehen müssen. Und wenn er so weitermachen würde, dann war überhaupt keine Lösung in Sicht. Zurzeit begann er schon mittags das erste Bier zu trinken. Nach diesen Überlegungen raffte Andi sich auf, um zum Briefkasten zu gehen. Nachdem er in seine Wohnung zurückgekehrt war und die Post auf den Tisch gelegt hatte, stach ihm ein Brief ins Auge. Was war das? Post aus Spanien? Nachdem er das darin liegende Blatt Papier entnommen hatte, ließ er sich während des Lesens rückwärts auf das Sofa fallen und traute seinen Augen nicht.
„Hallo Herr Stahl, ich habe diesen Brief von einer Frau bekommen. Sie hat mich leise und verzweifelt um Hilfe gebeten. Anscheinend ist sie in einer schlimmen Lage, aber sehen Sie selbst. Ich habe den Zettel beigelegt, den sie mir gegeben hat. Mit freundlichen Grüßen Maria Garcia."

Fassungslos nahm Andreas das zweite Blatt, das sich noch in dem Kuvert befand und das er zuerst gar nicht bemerkt hatte, zur Hand und las den Text leise vor sich hinmurmelnd: »Hallo Andi, zunächst möchte ich dich um Verzeihung bitten und dir sagen, dass ich dich sehr liebe und dann möchte ich dich bitten, mir zu helfen. Ich bin in eine aussichtslose Lage geraten. Es tut mir alles so furchtbar leid. Ich werde hier gefangen gehalten, in Calpe, wo wir beide früher so schöne Urlaubswochen erlebt haben. Genau zwei Häuser weiter. Das Haus hat keine Hausnummer. Dort werde ich festgehalten. Ja, es ist schrecklich, das sagen zu müssen, aber von meinem ehemaligen Geliebten. Ich würde alles rückgängig machen, wenn ich es könnte und möchte dich um Verzeihung bitten. Matthias ist ein Verbrecher. Aus irgendeinem Grunde möchte er sich an dir rächen und hat das von Anfang an so geplant. Ich hoffe, dass dieser Brief bei dir ankommt. Deine dich immer liebende Margarete. Ich war so dumm!«

Fassungslos ließ Andreas das Blatt sinken. Das durfte doch alles nicht wahr sein. Aber wenigstens wusste er nun, was er zu tun hatte. Sofort würde er einen Flug buchen.

Die Adoptivmutter

Isabel lief aufgeregt vom Wohnzimmer zur Küche und zurück. Heute Abend würde sie ihren Sohn kennenlernen. Sie wusste nicht, ob sie sich darüber freuen oder Angst haben sollte. Vielleicht war das eine Chance, ihren inneren Frieden wieder zu gewinnen, den sie seit der Adoptionsfreigabe verloren hatte. Wie hatte er sie nur gefunden? Sie war entschlossen, das Risiko einzugehen und ihn heute Abend zu treffen, sich seinen Vorwürfen zu stellen und mit ihrem schlechten Gewissen ins Reine zu kommen. Er musste ja das Bedürfnis gehabt haben seine Mutter zu sehen, sonst hätte er diesen Aufwand nicht betrieben. Einfach kann es nicht gewesen sein, sie zu finden. Aufgeregt deckte sie den Tisch. Es würde Lasagne geben, so dass sie in entspannter Atmosphäre zusammensitzen und sich unterhalten konnten. Ach, wie würde es nur werden? Wenn es doch nur schon 22 Uhr wäre? Warum er wohl erst so spät kommen wollte? Naja, vielleicht arbeitete er im Schichtbetrieb und hatte vorher keine Zeit. Egal, und wenn er erst um Mitternacht kommen würde. Sie hatte diese Entscheidung ganz alleine getroffen, wem hätte sie auch davon erzählen können. Es interessierte niemanden. Bei ihrer neuen ehrenamtlichen Arbeit hatte sie zwar eine nette Frau kennengelernt, mit der sie sich gut verstand, und mit ihr wollte sie bei Gelegenheit auch gerne zusammen etwas unternehmen, aber soweit war es noch nicht mit dieser Freundschaft, dass man sich schon persönliche Geheimnisse erzählen könnte. Isabel setzte sich in den großen Ohrensessel im Wohnzimmer, aber es dauerte keine Minute, da sprang sie wieder auf. Nein, sie konnte nicht zur Ruhe kommen, sie würde vor lauter Nervosität noch verrückt werden. Vielleicht könnte ihr eine Beruhigungstablette helfen. Gesagt, getan, lief sie ins Badezimmer zu ihrem Medikamentenschrank und durchsuchte diesen voller Unruhe. Aber außer Baldrian war nichts zu finden. »Besser als nichts«, murmelte Isabel vor sich hin und schluckte fünf der kleinen Tabletten. Dann eilte sie zurück in den Essbereich. Der Tisch war schon gedeckt, aber hier und da konnte man noch etwas zurechtzupfen. Die Tischdecke hing an einer Seite zu weit herunter und auf der anderen Seite lag die Serviette noch nicht richtig. Als sich ihre Nervosität ins Unermessliche steigerte, entschloss sie sich, einen Spaziergang zu machen.

Der Entschluss

Thorsten und seine Freundin saßen beim Abendessen zusammen in der kleinen Küche. Angelika hatte sich in den letzten Tagen etwas entspannt, weil es in ihrer Beziehung sehr harmonisch zugegangen war. Thorsten gab sich wirklich alle Mühe. Sie hatte keinen Grund zu klagen und hoffte, dass nun doch alles gut werden würde. Während sie noch ihren Gedanken nachging, unterbrach ihr Freund die Stille: »Ich muss heute Abend noch mal weg«, sagte er beiläufig. Erstaunt schaute Angelika ihn an und wartete, was da kommen würde.

»Ich bin mit ein paar Kumpels verabredet.« Mehr sagte er dazu nicht.

»Okay«, meinte seine Freundin und dachte sich, dass das ja normal sei. Manchmal wollten Männer eben auch zusammen weggehen. »Solange er so nett zu mir ist, ist alles gut«, dachte Angelika im Stillen.

»Es kann spät werden«, fügte Thorsten noch hinzu.

»Alles klar«, antwortete sie und erhob sich, um das Geschirr aufzuräumen. »Wann gehst du?«

»Erst später«, erwiderte er kurz angebunden.

Angelika traute sich nicht, weitere Fragen zu stellen.

Es war jetzt 21 Uhr, Torsten hatte das Haus verlassen und Angelika saß da und hatte das Gesicht in ihre Hände gestützt. Warum hatte sie nur so ein ungutes Gefühl? Dachte sie tatsächlich, dass ihr Freund der Mörder dieser Frauen gewesen sein könnte? Wahrscheinlich litt sie unter Verfolgungswahn. Plötzlich riss das Klingeln an der Haustür sie aus ihren Gedanken. Angelika erhob sich und eilte in die Diele, um zu schauen, wer so spät noch kommen wollte. Durch den Spion an der Tür waren ein Mann und eine Frau zu sehen. Auf die Frage, wer sie seien, kam die Antwort: »Wir sind von der Kriminalpolizei Pforzheim. Bitte öffnen Sie die Tür. Wir haben ein paar Fragen.« Peter Baumann hielt seinen Ausweis in ihre Richtung, aber Angelika schaute nicht mal richtig hin und öffnete schnell die Tür.

»Bitte kommen Sie herein. Es muss ja nicht das ganze Haus mitbekommen. Um was geht es denn?«

Nachdem Peter und Lea eingetreten waren, folgten sie Angelika ins Wohnzimmer. Diese bot den beiden Platz an. Die Beamten saßen nebeneinander auf der Couch, Angelika gegenüber, die sich in einem alten Sessel niedergelassen hatte.

»Wir müssen dringend mit Herrn Gruber sprechen. Er wohnt doch hier. Oder?«, fragte Peter und schaute sich suchend um.

»Mein Freund ist heute mit ein paar Freunden unterwegs. Um was geht es denn?«, fragte sie leicht hysterisch.

»Wir müssen mit ihm in einer dringenden Angelegenheit sprechen. So schnell wie möglich. Wissen Sie, wo er sich aufhalten könnte?«, wollte Lea wissen.

»Nein. Geht es um die Morde?«

Alarmiert schauten die Polizisten sich an.

»Wie kommen Sie darauf«, fragte Peter.

»Ach nur so«, stotterte sie herum.

»Haben Sie den Verdacht, dass Ihr Lebensgefährte etwas damit zu tun haben könnte«, mischte sich nun Lea ein.

»Nein, natürlich nicht, aber man liest ja immer in der Zeitung darüber.«

»Und da sehen Sie vielleicht einen Zusammenhang mit Ihrem Freund? Tatsächlich steht er unter dringendem Tatverdacht und wir müssen ihn sofort finden.«

Angelika wurde leichenblass und sagte den Tränen nahe: »Wirklich, ich habe keine Ahnung, wo er sich befindet. Aber ich habe auch schon seit einiger Zeit so ein komisches Gefühl. Ich weiß auch nicht warum. Vielleicht, weil er immer gerade dann unterwegs war, wenn die Morde geschehen sind. Und gewalttätig ist er auch.« Nach diesen Worten erhob sie sich und meinte: »Bitte verlassen Sie jetzt diese Wohnung. Ich muss packen, denn ich werde Thorsten sofort verlassen. Meine Angst ist zu groß, dass er tatsächlich der Mörder sein könnte. Unter diesen Umständen werde ich hier keine Minute länger bleiben.«

Lea und Peter erhoben sich, nickten verständnisvoll und verließen, ohne weitere Worte, das Haus. Zuvor hatten sie sich noch die Adresse der Freundin geben lassen, bei der Angelika vorübergehend wohnen wollte.

Draußen angekommen sagte Peter zu seiner Kollegin: »Ich glaube der Frau, dass sie nichts weiß.«

»Ja«, pflichtete sie ihm bei. »Frau Seifert sah sehr panisch aus. Wir müssen jetzt schnellstens etwas unternehmen. Und zwar müssen wir sofort die Liste mit den Frauen abarbeiten, die an diesem Tag ein Baby zur Adoption freigegeben haben. Ich habe inzwischen von den Kollegen die Mitteilung bekommen, dass es sich dabei nur noch um zwei Mütter handelt. Und eine davon hat ein Mädchen zur Welt gebracht.«

»Dann kommt wahrscheinlich nur die andere in Frage. Bitte rufe im Revier an und sag den Kollegen Bescheid. Kevin soll sich sofort dort hinbegeben. Klaus und Thomas ebenfalls. Die Frau befindet sich in allergrößter Gefahr.«

»Mach ich. Sie heißt Isabel Jakobs und wohnt auf dem Wartberg.«

Inzwischen waren die beiden bei ihrem Auto angekommen. Während des Einsteigens sagte Peter: »Wir fahren jetzt auch auf dem direkten Weg dorthin.«

Der Flug

Andreas befand sich auf dem Flughafen in Frankfurt. Er saß schon im Flugzeug und wartete ungeduldig auf den Abflug nach Alicante. Er hatte den nächstmöglichen Flug gebucht, ohne auf die Kosten zu achten. Das war ihm im Moment vollkommen egal. Er hoffte nur, dass er seine Frau rechtzeitig finden würde. Ihm war klar, dass sie sich in großer Gefahr befand. Ihm war bewusst geworden, wie sehr er sie liebte. Alles, was sie getan hatte, würde er ihr verzeihen und hoffen, dass auch sie ihm seine Gleichgültigkeit in letzter Zeit und seinen Seitensprung vergeben konnte. Er betete - wahrscheinlich das erste Mal in seinem Leben -, dass alles gut werden würde und hoffte inbrünstig, dass die Maschine endlich starten würde. Sie hatte jetzt schon eine halbe Stunde Verspätung, warum auch immer. Endlich war es soweit, das Flugzeug hob ab. Andreas seufzte vor Erleichterung und schloss seinen Gurt. Nun versuchte er, sich etwas zu entspannen. Er war mit überhöhter Geschwindigkeit so schnell wie möglich zum Flughafen gefahren und gerade noch rechtzeitig angekommen. Seine Nerven waren zum Zerreißen gespannt.

Auf dem Flug, der nur etwas mehr als zwei Stunden dauerte, ihm aber wie eine Ewigkeit vorkam, fand Andi keine Ruhe, im Gegenteil, er wurde immer nervöser. Und das hatte nichts mit seiner Flugangst zu tun. Die Frau neben ihm sah zwar recht nett aus, aber er hatte kein Interesse an einer Unterhaltung. Nun fragte sie schon zum dritten Mal irgendetwas. »Machen Sie auch Urlaub in Spanien?«

»Nein«, antwortete er kurz und knapp. Aber das schien sie nicht zu stören, denn nach weiteren zehn Minuten sprach sie ihn erneut an: »Dann haben Sie dort geschäftlich zu tun?«

»Nein, das habe ich nicht«, antwortete er gequält. »Ich muss was erledigen«, fügte er noch stirnrunzelnd hinzu. Sie würde ihn doch jetzt hoffentlich in Ruhe lassen. Tatsächlich schien sie es verstanden zu haben und sagte bis zur Landung kein Wort mehr.

In Isabels Haus

Thorsten war verzweifelt. Er war mit Isabel oben in deren Schlafzimmer. Sie lag auf dem Bett und er hielt ihr das Messer an den Hals gedrückt. Wie war er nur in diese scheußliche Situation gekommen. Vorhin hatte er sich wohl zum ersten Mal in seinem Leben glücklich gefühlt. Er hatte seine Mutter gefunden. Sie war nett gewesen und er war bereit, ihr zu verzeihen. Er konnte ihre Beweggründe verstehen. Sie war eben damals noch sehr jung gewesen. Das Messer, mit dem er auch die beiden anderen Frauen getötet hatte, hatte er mitgenommen und wollte es mit ihr genauso tun. Sein Leben lang war er mit Hass erfüllt gewesen, aber als er sie dann an der Tür gesehen hatte, fiel der ganze Frust von ihm ab. Ihr Anblick bewegte irgendetwas in ihm und er war bereit gewesen, ihr zu verzeihen. Wie dumm war er doch, hatte er doch auf einmal fest an sie und ihre gemeinsame Zukunft geglaubt. Und was hatte sie getan? Diese blöde Kuh hatte doch tatsächlich die Polizei alarmiert. Da konnte sie jetzt noch so flehen und weinen und alles abstreiten, das würde ihr nun auch nicht mehr helfen. Wo sollte denn sonst die Polizei plötzlich aus dem Nichts hergekommen sein?

Das gab es ja gar nicht. Nun standen sie unten vor der Tür. Jeden Moment könnten sie das Haus stürmen. Er musste sich etwas einfallen lassen. Im Moment konnte er sie noch in Schach halten, weil er damit gedroht hatte, Isabel zu töten, sollten sie in das Haus eindringen. Aber wie lange würden die Polizisten sich noch zurückhalten? Was sollte er nur tun? Sollte er Isabel zuerst erwürgen, wie die anderen Frauen auch und dann in Ruhe nachdenken? Wollte er das überhaupt? Die Tränen liefen ihm über das Gesicht. Seine Gedanken drehten sich im Kreis. Er hatte gedacht, er wäre endlich angekommen und nun das. Isabel rührte sich nicht. Sie lag mucksmäuschenstill und schaute ihren Sohn mit aufgerissenen Augen ungläubig an. Das war also das Monster, das die anderen Frauen umgebracht hatte. Sie wollte und konnte es nicht glauben. War sie doch auch vorhin so glücklich gewesen und hatte auf eine wundervolle Zukunft mit ihm gehofft.

Thorsten

Seit er denken konnte, war er von seiner Adoptivmutter schlecht behandelt worden. Sogar geschlagen hatte sie ihn, wenn sein Vater nicht da gewesen war. Ja, ihn hatte er immer als seinen echten Vater angesehen. Heiß und innig hatte er ihn geliebt. Er war immer sein Vorbild gewesen. Sie hatten so viel zusammen unternommen, schon als er noch ganz klein gewesen war. Die Mutter hatten sie nie mitgenommen. „Das ist Männersache", hatte der Vater immer gesagt. Sie waren angeln, Schlittschuhlaufen oder einfach nur wandern gewesen. Wie sehr hatte er diese Ausflüge geliebt. Im Nachhinein war ihm klargeworden, dass seine Adoptivmutter eifersüchtig war. Aber deshalb hätte sie ihn trotzdem nicht so behandeln müssen, schließlich konnte er als kleiner Junge nichts dafür und die gemeinsamen Unternehmungen waren gut für ihn gewesen. Sobald sein Vater das Haus verlassen hatte, um arbeiten zu gehen, hatte er nichts mehr zu lachen gehabt. Er wurde angebrüllt und geschlagen. Selbst als Jugendlicher hatte er Respekt vor dieser Mutter, obwohl er viel kräftiger als sie war und sich hätte wehren können. Aber nachdem er ein Gespräch zwischen den Eltern unbeabsichtigt belauscht hatte, war ihm klar geworden, warum sie ihn nicht liebte und er sie so sehr hasste. Er war damals zehn Jahre alt gewesen und hatte, weil seine Eltern so laut gestritten hatten, erfahren, dass er adoptiert worden war. Da war es ihm wie Schuppen von den Augen gefallen, warum seine „Mutter" ihn so behandelte. Die Liebe seines Vaters hatte er nie in Frage gestellt. Er wusste nicht, um was es in diesem Streit ging, aber das war ihm auch gleichgültig gewesen. Er zog sich in sein Zimmer zurück, um nachzudenken. Und ab diesem Zeitpunkt begann der Hass auf die andere Frau, die ihn weggegeben hatte, zu wachsen. Er hätte es nicht fertig gebracht seinen Vater darauf anzusprechen, aber nachdem dieser gestorben war, hatte er begonnen, seine Mutter zu bedrängen, ihm zu sagen, wer seine leibliche Mutter sei. Nach einer Weile glaubte er ihr schließlich, dass sie es nicht wusste.

Mit 20 Jahren war er von zu Hause ausgezogen, weil er die Situation nicht mehr ertragen konnte und auf eigenen Beinen stehen wollte. An den Wochenenden besuchte er seine Eltern. Die Mutter ließ ihn ab diesem Zeitpunkt in Ruhe. Später, als sein Adoptivvater gestorben war und er von dessen Frau nach wie vor nicht nicht erfahren konnte, wer ihn geboren hatte, brach er den Kontakt ab. Dabei war es ihm vollkommen egal, dass ihn seine „Mutter", als diese ihn einmal besucht hatte, auf Knien anflehte, sich um sie zu kümmern, weil sie sehr krank war. Er hatte sie einfach vor die Tür gesetzt. Ab diesem Zeitpunkt begann er intensiv nach seinen leiblichen Eltern zu suchen und entschloss sich schließlich, einen Privatdetektiv zu engagieren.

Abrupt wurde Thorsten aus seinen Gedanken gerissen, weil er die leise Stimme von Isabel vernahm.

»Warum tust du das? Ich habe mich doch so gefreut, dich zu sehen.«

»Ich habe mich auch gefreut.« Er lockerte das Messer etwas an ihrem Hals. »Aber du hast mich verraten. Du hast die Bullen gerufen.«

»Nein, das habe ich nicht getan. Warum hätte ich das tun sollen? Ich habe mich doch auf dich gefreut. Damit ich dich endlich um Verzeihung bitten kann. Ich habe auch gehofft, dass wir uns öfter sehen können.«

»Das habe ich auch gehofft, aber ich kann dir nicht mehr trauen. Als du die Tür geöffnet hast und ich dich gesehen habe, war ich überglücklich. Niemals hätte ich dir zugetraut, dass du so hinterhältig sein kannst.«

»Aber das bin ich nicht. Du irrst dich.« Verzweifelt heulte Isabel auf. »Hast du etwa die beiden anderen Frauen auch umgebracht?«

Sofort drückte Thorsten seiner Mutter das Messer wieder fest an den Hals, so fest, dass es anfing zu bluten.

»Ja, das habe ich. Es hätten meine Mütter sein können. Du warst erst die dritte auf meiner Liste. Allerdings hätte ich die zweite Frau nicht umbringen müssen. Sie hatte mir kurz bevor sie starb gesagt, dass sie überhaupt keinen Sohn geboren hat. Irgendwie habe ich ihr das auch geglaubt und mich danach bei meiner Informantin erkundigt. Tatsächlich war das eine Verwechslung. Meine Bekannte war in der Zeile verrutscht, als sie auf der Liste nachgeschaut hat. Das tat mir dann auch leid.

Als ich dich dann heute gesehen habe, wusste ich sofort, dass du die Richtige bist. Und als ich dann mit dir gesprochen habe, änderte ich meinen Plan, denn eigentlich wollte ich auch dich töten. Aber jetzt hätte ich mir auch ein schönes Leben zusammen mit dir vorstellen können. Um die andere Frau ist es nicht schade, schließlich hat sie ihr Baby weggegeben«, sagte Thorsten emotionslos.

Entsetzt hatte Isabel ihrem Sohn zugehört und presste nun leise hervor: »Thorsten, du bist krank und brauchst Hilfe.«

»Einen Scheiß brauche ich«, schrie er los und riss den Arm hoch, um zuzustechen.

Andreas

Resigniert saß Andreas in einem kleinen Hotelzimmer in Calpe, 70 km nördlich von Alicante. Als er dort gelandet war, hatte er sich sofort ein Auto gemietet und war direkt in den Urlaubsort gefahren. Noch bevor er sich nach einer Unterkunft umgesehen hatte, war er zu dem besagten Haus nach Maryvilla gefahren. Dort befanden sich viele Ferienhäuser. Die engen Straßen schlängelten sich kurvenreich bis nach oben. Von dort war es ein herrlicher Ausblick. Man konnte das Meer und ganz Calpe überblicken. Das Haus, in dem Andreas seine Frau und deren Entführer vermutete, befand sich ungefähr auf halber Höhe. Er hatte es sofort gefunden und war sich ziemlich sicher, dass er am richtigen Ort war, denn zwei Häuser weiter waren sie schon zweimal zusammen in den Ferien gewesen. So hatte es Margarete in dem Brief an ihn geschrieben. Außerdem gab es an diesem Gebäude keine Hausnummer, genauso, wie sie es ihm mitgeteilt hatte. Alle anderen Anwesen hatten Nummern am Gartentor oder der Hauswand. Es musste also hier sein. Andreas hatte hinter einem Lieferwagen, der dort parkte, in Deckung gehen können. Es war ein Glücksfall, dass gegenüber dem Haus eine Baustelle war und die Arbeiter ihren Wagen dort abgestellt hatten und anscheinend gerade eine längere Siesta machten. So waren ihm zwei Stunden Zeit geblieben, das Haus zu beobachten, bis die Männer wiederkamen. Tatsächlich meinte er hinter dem Küchenfenster, einen Augenblick lang, Margarete gesehen zu haben. Im Hintergrund nahm er eine weitere Gestalt wahr. Das musste der Entführer sein.

Aber was sollte er nun tun? Er hatte sich die Umgebung angeschaut, ein Bild von der Lage gemacht und war nun so schlau wie vorher. Er konnte ja schlecht klingeln und sagen: »Ich möchte Margarete abholen.« Das wäre wohl nicht so sinnvoll. Inzwischen war ihm klargeworden, dass es sich um Matthias Brecht handeln musste. Und er wusste, dass dieser Mensch gefährlich und gewaltbereit war. Vor allem wollte dieser sich an ihm rächen und Andi befürchtete, dass ihm dazu jedes Mittel recht war. Sollte er vielleicht doch lieber die Polizei einschalten? Aber wer wusste, ob die ihn hier im Ausland überhaupt ernst nähmen. Was würde passieren, wenn die Polizisten einfach klingeln würden? Dann wäre der Entführer gewarnt. Nein, dieses Risiko konnte er beim besten Willen nicht eingehen. Aber was sollte er tun? Verzweifelt raufte er sich die Haare. Morgen musste etwas geschehen. Jetzt war es schon zu spät und außerdem stockdunkel draußen. Ohne Plan konnte er sowieso nicht viel ausrichten. Vor lauter Frust machte er die dritte Flasche Bier auf und verschob alles Weitere auf den nächsten Tag.

Pforzheim

Kevin, Thomas und Klaus standen vor Isabels Haus. Eigentlich müssten sie auf Verstärkung warten. Nachdem Thomas geklingelt hatte, wurde durch die Sprechanlage gefragt, wer da sei und als er geantwortet hatte, dass sie von der Polizei seien, ertönte eine zornige Männerstimme, dass sie sofort verschwinden sollen und dann hörten sie den Aufschrei einer Frau. Da wurde ihnen sofort klar, dass sie zu spät gekommen waren. Der Frauenmörder war schneller gewesen. Zögernd überlegte sich Klaus, dass bis die Verstärkung kommen würde, die sie angefordert hatten, die Frau schon nicht mehr leben könnte und sagte zu seinen Kollegen: »Es ist Gefahr in Verzug. Wir können nicht mehr warten. Ich werde mir die Rückseite des Hauses ansehen.« Kevin, der ihn aufhalten wollte, wurde von Thomas am Arm festgehalten. Dieser meinte: »Lass ihn gehen. Das Leben von Frau Jakobs hängt davon ab, wie schnell wir jetzt reagieren. Vielleicht haben wir eine Möglichkeit von hinten, vom Garten aus, ins Haus zu kommen. Die Verstärkung müsste auch gleich eintreffen.«

Klaus schlich an der Hauswand entlang, schaute vorsichtig um die Ecke, bemerkte, dass da im Garten rein gar nichts zu sehen war und ging leise weiter zur Terrasse. Unglaublich, der Griff auf der Innenseite der Terrassentür war nicht nach unten gedrückt. Das konnte er durch das kleine Licht einer Solarlampe erkennen. Sollte er seinen Kollegen Bescheid geben? Nein, dann würde vielleicht alles zu spät sein. Vorsichtig und leise legte er seine Hand auf den Türgriff und drückte dagegen. Es klappte, er konnte eintreten und bewegte sich leise wie eine Katze durch das Wohnzimmer. Hier war es ziemlich dunkel. Ein kleines Licht, das wohl vom Telefon oder von einem anderen Gerät kommen musste, gab ihm ein bisschen Orientierung. Langsam tastete er sich in die Diele, wo sich die Treppe befand, die ins obere Stockwerk führte. Deutlich konnte man sie erkennen, da durch die Eingangstür etwas Licht von einer Straßenlaterne fiel. Auch die Schatten seiner beiden Kollegen waren zu sehen. Die Verstärkung war noch nicht eingetroffen. Klaus schlich Stufe für Stufe nach oben. Plötzlich knarrte es an einer Stelle. Erschrocken hielt er kurz inne. »Hoffentlich hat der das jetzt nicht gehört«, dachte er. Aber alles blieb ruhig.

Also ging er weiter, Schritt für Schritt. Oben angekommen musste er sich zunächst orientieren, weil
es dort stockdunkel war. Vorsichtig fasste er mit
der Hand nach vorne, wo er einen Türrahmen vermutete, als er plötzlich einen Schlag auf den Kopf
bekam. Ein heftiger Schmerz durchzuckte ihn und
dann war da nichts mehr……

Spanien

Margarete bereitete in der Küche das Mittagessen vor. Im Moment ging es ihr etwas besser, da Matthias ihr nun tatsächlich mehr Freiraum ließ. Sie durfte sich tagsüber mehr oder weniger frei im Haus bewegen und bemühte sich, immer ein besonderes Essen zu zaubern, um ihn bei Laune zu halten. Sie versuchte ihre Nervosität zu verbergen, hatte sie doch vor einigen Minuten aus dem Fenster geschaut und hinter dem Lieferwagen, der auf der gegenüberliegenden Seite parkte, einen kurzen Moment geglaubt, einen Mann gesehen zu haben, der sich aber gleich wieder geduckt hatte. Oder litt sie unter Wahnvorstellungen. »Es wird doch nicht Andi sein«, dachte Margarete und ihr Herz schlug schneller. Misstrauisch sah Matthias seine Gefangene an. Er schien eine Veränderung bemerkt zu haben, erhob sich vom Küchenstuhl, trat zu ihr, schaute ebenfalls aus dem Fenster und fragte: »Was ist los? Hast du etwas gesehen?«

»Nein«, stammelte Margarete. »Wie kommst du denn darauf?«

Daraufhin holte er aus und schlug ihr heftig ins Gesicht. Schmerzerfüllt und entsetzt taumelte

Margarete zurück. Grundlos war so etwas bis jetzt noch nicht vorgekommen. Wenn ihr Mann nicht bald kommen würde, um sie hier herauszuholen, würde sie wahrscheinlich nicht mehr lange überleben. Ihr Entführer wurde immer aggressiver. Vor allem auch deswegen, weil ihm bewusst wurde, in was für eine aussichtslose Lage er sich selbst gebracht hatte. Nachdem Matthias noch einmal einen Blick nach draußen geworfen hatte und dort rein gar nichts Verdächtiges erkennen konnte, ging er wieder zurück zum Tisch und beugte sich erneut über seine Zeitung, als er plötzlich einen Knall hörte, als ob ein Vogel an die Fensterscheibe im Wohnzimmer - das sich hinten, zum Garten hin, befand - geflogen wäre. Fluchend sprang er auf und ging, nicht ohne Margarete vorher gedroht zu haben, sich nicht von der Stelle zu rühren, aus der Küche, durch die Diele und das andere Zimmer, zur Terrassentür. Aber dort war rein gar nichts zu sehen. Weder ein Vogel noch sonst irgendetwas. Matthias öffnete vorsichtig die Tür, ging ein paar Schritte in den Garten und schaute sich dort um, ob sich nicht doch irgendjemand dorthin verirrt hatte. Obwohl das eigentlich nicht sein konnte, es gab zwar ein paar Schlupfwinkel, allerdings war da dichtes Gebüsch wild gewachsen. Aber wer sollte auch so etwas tun? Eventuell Kinder, die gespielt hatten? Wahrscheinlich sah er nur Gespenster. Es war aber auch eine blöde Situation, aus der er im Moment keinen Ausweg sah. Er brachte es einfach nicht fertig, Margarete umzubringen. Warum auch immer?

Über kurz oder lang musste er es tun. Das war ihm klar. Er konnte ja schließlich auf Dauer nicht so weitermachen. Er kehrte ins Haus zurück und ging Richtung Küche, als er plötzlich Margarete aufschluchzen hörte. Dann vernahm er ein kurzes „Pssst". Das ließ ihn hellhörig werden, denn es hörte sich anders an, als die Stimme seiner unliebsamen Freundin. Und warum sollte sie auch sich selbst auffordern, ruhig zu sein. Da stimmte etwas nicht. Außerdem bemerkte er, dass die Fußmatte in der Diele verschoben war. Er war sich da ganz sicher. Was war in der Zwischenzeit geschehen? War jemand Fremdes im Haus? Und wie war das möglich? Extrem leise schlich er an der Wand entlang bis zur Küchentür und spähte vorsichtig durch den Türspalt der halb geöffneten Tür. Er sah gerade noch einen Schatten dahinter verschwinden. Sofort war ihm klar, dass Margarete jemandem die Tür geöffnet haben musste. Wie auch immer sie es fertiggebracht hatte, sich Hilfe ins Haus zu holen, es musste so gewesen sein. Langsam schlich er zurück ins Wohnzimmer, öffnete geräuschlos die Schublade der Kommode und holte eine Pistole heraus. Die Waffe hatte er dort gleich nach ihrer Ankunft in Maryvilla versteckt, um für alle Fälle gewappnet zu sein. Er hatte sie ganz hinten unter ein paar Unterlagen gelegt, so dass Margarete sie nicht hätte finden können. Außerdem war sie nicht geladen gewesen. Schnell schob er das Magazin, das er aus einer anderen Schublade holte, hinein und ging auf leisen Sohlen zurück zur Küche. Aber dieses Mal näherte er sich von der anderen Seite. Da befand sich ebenfalls eine Tür. Kaum angekommen, riss er diese mit einem Ruck auf, zielte in die Richtung von Andreas Stahl und drückte ab. Mit einem Schmerzensschrei sackte dieser zu Boden.

Zugriff

Mit gemischten Gefühlen fuhr Peter Baumann in Pforzheim Nord von der Autobahn. Das letzte, was er von den Kollegen gehört hatte, war, dass sie am Haus von Isabel Jakobs angekommen waren und Verstärkung angefordert hatten. Dass er in den letzten fünfzehn Minuten nichts mehr gehört hatte, machte ihn etwas nervös. Lea, die auf dem Beifahrersitz saß, verhielt sich ungewöhnlich still. Wenn dieser Fall erst einmal geklärt war, musste er unbedingt mit ihr sprechen. Sie verhielt sich in letzter Zeit wirklich sehr ungewöhnlich. Hoffentlich war sie nicht krank. Vielleicht gab es ja aber auch in ihrer Ehe Probleme. Oder die Doppelbelastung mit Beruf und Kind bekam ihr nicht. Peter wurde aus seinen Gedanken gerissen, als sie sich dem Haus von Isabel näherten. Er sah, dass Thomas und Kevin ihm etwas ratlos entgegensahen. Aber wo um alles in der Welt war Klaus? Von der angeforderten Verstärkung gab es ebenfalls keine Spur. Ausdrücklich hatte er die Anweisung gegeben, nichts vor deren Eintreffen zu unternehmen.

Nachdem Lea und ihr Chef ausgestiegen waren und ans Haus traten, eilte Thomas ihnen entgegen. Kevin blieb etwas unschlüssig stehen. Als Peter erfuhr, was in der Zwischenzeit passiert war und dass Klaus eigenmächtig von hinten ins Haus eingedrungen war, wollte er zunächst wütend losbrüllen, überlegte es sich aber anders, denn nun ging es erst einmal um das Leben aller Beteiligten. Kurz und knapp gab er die Anweisung, weiterhin vor dem Haus auf die Kollegen zu warten und nach kurzer Überlegung, während er Lea mit einem Blick gestreift hatte, wandte er sich an Thomas: »Du kommst mit mir. Wir müssen schauen, was da drinnen los ist.« Er schlich sich ebenfalls, wie zuvor Klaus an der Hauswand entlang, Richtung Garten. Sein Kollege folgte ihm genauso unauffällig. Beide hielten ihre Dienstwaffen schussbereit. Lea und Kevin nahmen wieder die Position an der Haustür ein.

Da die Terrassentür weit offenstand, konnten die beiden Polizisten geräuschlos eintreten. Im Moment wurde das Zimmer vom Mondlicht beleuchtet, so dass sie sich mühelos orientieren konnten. Sogleich konnten sie feststellen, dass sich zumindest in diesem Zimmer keine Personen aufhielten.

An der Treppe angekommen, die nach oben führte, gab Peter Thomas ein Zeichen, hier stehenzubleiben und schlich selbst die Treppe hoch. Oben angekommen, stolperte er, da es stockdunkel war, über eine am Boden liegende Person. Der Polizeichef konnte sich wieder fangen, fast hätte er das Gleichgewicht verloren. Er hatte allerdings viel Lärm verursacht. Nun holte Peter eine kleine Taschenlampe aus seiner Gürtelhalterung und leuchtete damit die am Boden liegende Person an. Entsetzt sah er, dass es sich dabei um Klaus handelte. Jetzt musste er alle Vorsichtsmaßnahmen fallenlassen, damit er seinem Kollegen helfen konnte und riss die Tür auf, die in das Schlafzimmer führte. Natürlich nicht, ohne vorher seine Hand mit der Waffe in Position gebracht zu haben, um notfalls sofort schießen zu können. Was er dann dort sah, verschlug ihm regelrecht die Sprache.

Missglückte Rettung

Margarete stürzte schreiend auf ihren am Boden liegenden Mann zu. »Um Gottes willen. Ist dir was passiert?« Hysterisch drehte sie sich zu Matthias um. »Du Schwein. Was hast du getan?« Panisch beugte sie sich über Andreas. Er war bei Bewusstsein. Jetzt sah sie, dass er stark am rechten Bein blutete. Sie konnte erkennen, dass glücklicherweise, kein größeres Gefäß getroffen worden war. Es blutete zwar stark, aber es spritzte kein Blut heraus. Das konnte sie nach ihren regelmäßigen Erste-Hilfe-Kursen einschätzen. Schnell zog Margarete ihr T-Shirt aus und drückte es auf die Wunde. Inzwischen war Matthias nähergetreten und sagte: »Das ist ja wunderbar. Jetzt ist das Glück ja wieder vollkommen. Genauso hatte ich mir das vorgestellt, nämlich, dass du hier erscheinst. Jetzt brauche ich nicht einmal mehr zu dir kommen, um dich zu töten«, meinte er an Andreas gewandt. »Und deine Frau, diese Schlampe, hast du nun auch wieder.« Gackernd lachte er los bei diesen Worten. Andi wollte sich aufstützen, sackte aber vor lauter Schmerzen zurück und presste hervor: »Sie sind ja wahnsinnig. Was versprechen Sie sich denn davon? Sie hatten es sich damals doch selbst eingebrockt, dass Sie ins Gefängnis gekommen sind. Was habe ich denn damit zu tun?«

»Du hast dafür gesorgt, dass das Ganze überhaupt aufgedeckt wurde«, schrie Matthias

Zornig funkelte Margarete ihren Exgeliebten an. »Halt endlich deine Klappe und hilf uns lieber. Rufe den Notarzt!«

»Ich werde euch helfen und zwar, euch in den Keller hinunter zu befördern. Dort könnt ihr verhungern und verrecken.«

Fassungslos schaute Margarete ihn an. »Das ist nicht dein Ernst.«

»Oh, doch.« Mit diesen Worten fuchtelte Matthias ihr mit der Pistole vor der Nase herum. »Und jetzt macht, dass ihr aufsteht und runter in den Keller kommt. Ansonsten werde ich dich, Stahl, gleich erschießen.«

Da die beiden erkannten, wie ernst es ihm damit war, wurde ihnen bewusst, dass sie sich nicht widersetzen konnten. Andreas versuchte aufzustehen, aber fiel stöhnend wieder zurück.

»Hilf mir«, flüsterte er seiner Frau zu. »Wir schaffen das zusammen. Wir müssen jetzt machen, was er sagt.«

»Wir kommen hier nie mehr raus«, entgegnete Margarete entsetzt.

»Komm«, presste er hervor, rappelte sich erneut auf und versuchte auf dem beschädigten Bein zu stehen. Er schrie mit schmerzverzerrtem Gesicht laut auf. Margarete stützte ihn, so gut es ihr gelang. So schafften sie es, Schritt für Schritt durch die Diele in Richtung Kellertür. Andreas hüpfte mehr, als dass er ging, aber irgendwie kamen die beiden schließlich dort an. Matthias verfolgte sie mit der Pistole, überholte die beiden, auf Abstand bedacht, und öffnete die Tür, hinter der eine Treppe von ungefähr zehn Stufen, in die Dunkelheit nach unten führte. Nachdem sie die obersten Stufen erreicht hatten, schloss Matthias hinter ihnen von außen ab. Andreas verfehlte eine Stufe, konnte sich nicht mehr halten und stürzte polternd den restlichen Teil der Treppe hinunter. Margarete schrie entsetzt auf: »Andi, wo bist du? Hast du dich verletzt?«

»Ich bin hier unten. Alles gut, es ist nichts passiert. Beruhige dich.«

Inzwischen war Margarete ebenfalls unten angekommen und ihre Augen hatten sich an die Dunkelheit gewöhnt. Sie konnte Umrisse erkennen, da von einem kleinen Kellerfenster ein Lichtstrahl hereinfiel. Hier lag ihr Mann am Boden. Sie tastete sich vorsichtig zu ihm und fiel ihm schluchzend um den Hals. »Andi, ich liebe dich so sehr. Bitte verzeih mir. Das kannst du wahrscheinlich nicht, aber ich bin so froh, dass du jetzt hier bei mir bist.«

Andreas, der schon sehr geschwächt war, legte den Arm um seine Frau und sagte leise: »Alles wird gut. Ich habe, bevor ich hier hereingekommen bin, der spanischen Polizei Bescheid gegeben, was ich vorhabe. Ich weiß zwar nicht, wie die hier arbeiten, aber, wenn ich nicht mehr ins Hotel zurückkehre, dann werden sie sich drum kümmern müssen. Das Personal des Hotels wird mich als vermisst melden. Spätestens dann werden sie uns hier rausholen.«

»Dann wird alles gut«, weinte Margarete.

Ganz so optimistisch, wie Andi sich gab, fühlte er sich allerdings nicht. Er fürchtete, hier unten sterben zu müssen, aber er wollte jetzt nicht, dass Margarete hysterisch wurde und wollte ihr auch nicht die letzte Hoffnung nehmen. Einen kleinen

Funken davon hatte er selbst auch noch. Inzwischen hatte er sich, auf dem Boden sitzend, bis zur Wand geschleppt und setzte sich mühsam auf. Dort konnte er sich wenigstens anlehnen. Allerdings war der Boden eiskalt und Margarete fror jetzt schon, denn sie hatte ihr T-Shirt geopfert, um die Blutung zu stillen. Sie drückte sich ganz eng an Andreas, glücklich wieder bei ihm zu sein. Eine Entschuldigung für ihr Verhalten in der Vergangenheit murmelnd, wurde sie von Andreas unterbrochen. »Schon gut, lass uns das besprechen, wenn wir hier draußen sind. Wir werden dann sehen, wie es mit uns weitergeht. Ich liebe dich auch, aber wie das im alltäglichen Leben sein wird, kann ich dir jetzt nicht sagen. Außerdem bist du nicht alleine schuld an allem. Ich muss dir gestehen, dass ich dich auch betrogen habe.«

»Das habe ich geahnt«, flüsterte Margarete. »Mit wem?«

»Mit Angela«, presste er hervor.

Das verschlug ihr nun doch die Sprache. »Mit meiner besten Freundin? Dieses Luder.«

»Ja«, antwortete er leise. »Aber sie ist tot.«

»Tot? Um Himmels willen. Warum?«

»Ich dachte, dass Matthias Brecht sie auf dem Gewissen hat. Wie lange seid ihr denn schon hier in Spanien? Ich meine, seitdem du verschwunden bist?«

»Ja, von Anfang an«, antwortete sie kleinlaut.

»Dann kann er damit nichts zu tun haben. Wahrscheinlich war es wirklich reiner Zufall und der Unfall war keine Absicht. Sie wurde nicht ermordet und der Fahrer hat wahrscheinlich wirklich Fahrerflucht begangen.«

»Ach du liebe Zeit, das darf doch nicht wahr sein.« Hemmungslos begann Margarete zu weinen. Andi zog sie mit letzter Kraft an sich. Es ging ihm sehr schlecht. Er hatte viel Blut verloren und war schon so weit, mit seinem Leben abzuschließen. Er hoffte nur, dass die spanische Polizei rechtzeitig kommen würde, um wenigstens seine Frau zu retten, auch wenn es für ihn zu spät wäre. Die Zeit spielte gegen ihn.

Festnahme

Isabel war ihrem Sohn gefolgt, als dieser in die Diele gegangen war. Zuvor hatte er sich ein Holzbrett geschnappt. Isabel hatte es aus dem Schlafzimmerschrank genommen, weil es aus der Halterung gerutscht war und wollte es bei Gelegenheit wieder befestigen. Nachdem sie gesehen hatte, das der Polizeibeamte bewegungslos dalag, war sie entsetzt auf Thorsten zugestürzt, hatte ihn am Arm gepackt und ihn angebrüllt: »Was hast du getan? Was soll das denn? Du machst doch alles nur noch schlimmer. Lass mich dir helfen. Ich liebe dich doch, ganz egal, was du getan hast. Du bist mein Kind.«

Überrascht blickte er seine Mutter an und ließ sich von ihr ins Zimmer zurückziehen. Isabel wusste, dass sie sich im Moment nicht um den Polizisten kümmern konnte. Sie musste irgendwie ihren Sohn in Schach halten. Wie betäubt setzte sich Thorsten auf den Bettrand, neben seine Mutter. Noch vor wenigen Minuten wollte er sie mit dem Messer töten, hatte dann von ihr abgelassen, weil da ein Geräusch im Flur gewesen war.

Im Moment wusste er keinen Ausweg mehr und ließ sich schluchzend von seiner Mutter in den

Arm nehmen. Beruhigend streichelte diese ihm über den Rücken und hielt ihn ganz fest.

So hatte Peter Baumann die beiden gefunden, nachdem er die Tür geöffnet hatte.

Thomas, der sich noch immer unten in der Diele befand, ließ, nach der Entwarnung seines Chefs, seine ungeduldig wartenden Kollegen herein. Inzwischen war auch die Verstärkung eingetroffen. Thorsten Gruber ließ sich, nachdem er über seine Rechte aufgeklärt worden war, anstandslos die Handschellen anlegen und von den Beamten fortführen. Seine Mutter hatte ihm noch zugerufen, dass sie ihn nicht im Stich lassen und ihn regelmäßig besuchen würde. Als zwei der Beamten mit Thorsten das Haus verlassen hatten, brach Isabel weinend zusammen. Lea streichelte ihr tröstend über die Schulter. So beruhigte sie sich nach einer Weile etwas. Der psychologische Dienst war angefordert.

Die Sanitäter, die mittlerweile auch eingetroffen waren, kümmerten sich in der Zwischenzeit um den Kollegen Klaus, der wieder zu sich gekommen war und jegliche Behandlung oder gar ins Krankenhaus gebracht zu werden, verweigerte. Schulterzuckend verließen die Sanitäter den Tatort, nicht ohne Klaus zuvor darauf hingewiesen zu haben, dass mit einer Gehirnerschütterung und einer Bewusstlosigkeit nicht zu spaßen sei und er sich unbedingt vom Arzt untersuchen lassen solle. Klaus nickte zustimmend und meinte, dass er gleich am nächsten Tag zu seinem Hausarzt gehen würde. Nachdem zwei der angeforderten Beamten Thorsten zum Verhör abtransportiert hatten und Frau Jakobs von Psychologen betreut wurde, versammelte sich das Polizeiteam vor dem Haus und beschloss, zunächst ins Revier zurückzufahren. Dort angekommen, wandte sich Klaus an Lea und fragte: »Könntest du mich bitte nach Hause fahren? Ich darf ja jetzt nicht ins Auto steigen und selbst fahren.« Überrascht schauten seine Kollegin und die anderen ihn an. Alle wunderten sich, warum er sich gerade an Lea gewandt hatte, sagten aber nichts. Lea, die ebenso überrascht war, antwortete: »Das kann ich gerne machen. Liegt ja sowieso auf meinem Heimweg. Aber wäre es nicht besser, wenigstens eine Nacht im Krankenhaus zu verbringen?«

»Nein, auf keinen Fall. Wie versprochen werde ich morgen zu meinem Arzt gehen. Ich habe ein bisschen Kopfweh, aber sonst ist alles gut.«

»Du kannst auch bei mir übernachten«, bot Kevin seinem Kollegen an.

»Nein, danke für das Angebot, aber ich möchte nach Hause«, erwiderte er bestimmt.

So gingen die beiden zu Leas Wagen und fuhren los, Richtung Büchenbronn, wo Klaus in einem Mehrfamilienhaus wohnte. Dort angekommen, sah er seine Kollegin an und machte keine Anstalten auszusteigen.

»Was ist los?«, fragte sie.

»Ich wollte schon lange einmal mit dir sprechen und möchte nun die Gelegenheit dazu nutzen. Es tut mir sehr leid, dass ich dich immer angegriffen habe. Ich will ganz ehrlich sein, du gefällst mir sehr und ich hatte gehofft, dass aus uns beiden was werden könnte. Ich habe nun aber begriffen, dass du glücklich mit deinem Mann bist und akzeptiere das. Mir bleibt ja auch nichts anderes übrig«, meinte er zerknirscht. »Aber ich wollte dir das endlich sagen. Normalerweise bin ich nicht so ein Ekelpaket. Irgendwie konnte ich nicht anders, als ständig auf dir rumzuhacken, weil ich dich nicht haben konnte. Aber das wird nun nicht mehr vorkommen. Das verspreche ich dir.« Beschämt senkte er den Kopf.

Lea konnte nicht glauben, was sie da soeben gehört hatte und antwortete schließlich: »Ist okay. Du hast mir das Leben wirklich schwergemacht, aber nun weiß ich wenigstens, warum. Ich habe den Fehler immer bei mir gesucht und musste mir dauernd überlegen, ob ich richtig gehandelt habe oder nicht, weil du ständig an mir herumgemeckert hast. Aber ich rechne dir das hoch an, den Mut gehabt zu haben, mir das alles zu sagen. Ich möchte dir nichts nachtragen. Vielleicht können wir sogar Freunde werden. Aber wie du schon richtig bemerkt hast, bin ich sehr glücklich in meiner Beziehung mit Alex und unserem Töchterchen. Ich werde dir jetzt etwas sagen. Du bist der Erste, der das erfährt. In letzter Zeit ging es mir nicht gut, was euch bestimmt allen aufgefallen ist. Und ich habe festgestellt, dass ich wieder schwanger bin. Das war so zwar nicht geplant, aber jetzt freuen Alex und ich uns darauf.«

»Dann wirst du aufhören zu arbeiten?«

»Ja, das werde ich, aber nicht für immer. Das ist wirklich schade, es gefällt mir sehr gut hier in Pforzheim und ich denke, dass ich wiederkommen werde.«

»Schön, das freut mich. Darf ich dich einmal umarmen?«

Lea ließ es geschehen. Sie war froh, sich endlich mit Klaus ausgesprochen zu haben, wollte sie ihn doch schon lange auf sein seltsames Verhalten ansprechen, hatte aber nie den Mut dazu gehabt. Bevor er ausstieg, ermahnte Lea ihn noch, auf sich aufzupassen und sich im Zweifelsfall lieber ins Krankenhaus bringen zu lassen. Der Kollege versprach das, stieg aus und ging auf das Haus zu, in dem er eine Wohnung gemietet hatte.

Die Rettung in letzter Sekunde

Matthias stand unschlüssig, mit der Pistole in der Hand, vor der Kellertür. Er musste es tun. Leicht fiel ihm das nicht, aber was sollte er mit den beiden da unten sonst machen. So hatte er das alles nicht geplant gehabt, aber es war nun einmal so gekommen. Er wollte gerade zum Türgriff greifen, als es klingelte. Fluchend versteckte er die Waffe in der Kommode, die in der Diele stand. Hastig legte er einen Schal darüber, damit man sie nicht sofort entdecken würde, wenn jemand die Schublade öffnen sollte. Dann ging er zur Haustür, öffnete diese und erstarrte. Ein uniformierter Polizeibeamter stand dort. Da dieser bemerkte, dass Thorsten kein Wort Spanisch verstand, erklärte er auf Englisch, dass er hereinkommen wollte, weil sie einen gewissen Andreas Stahl bei ihm vermuteten und Matthias außerdem beschuldigt wurde, eine Geißel in seiner Gewalt zu haben. Entsetzt sah Matthias den Beamten an und erwiderte in seinem miserablen Englisch, dass er ihn nicht ins Haus lassen würde, wenn er keinen Durchsuchungsbeschluss hätte und dass das Ganze außerdem Quatsch sei. Daraufhin schlug er dem Polizisten die Tür vor der Nase zu. Mit zittrigen Händen ging er dann zurück zur Kommode, griff erneut nach seiner Waffe und dachte: »Jetzt oder nie.«

Er musste die beiden umbringen und von hier fortschaffen, bevor die Polizei mit einem Beschluss kommen würde. Denn dann konnte er es nicht mehr verhindern, sie ins Haus zu lassen. Am besten, er würde sofort, wenn er das erledigt hatte, von hier verschwinden. Matthias öffnete die Kellertür und ging, nachdem er das Licht eingeschaltet hatte, ein paar Stufen nach unten. Zwei entsetzte Gesichter sahen ihm entgegen. Andreas Stahl sah schon mehr tot als lebendig aus und seine Frau schaute ihn flehentlich an. »Bitte Matthias, sei doch vernünftig. Lass uns hier raus. Wir werden dich auch vollkommen in Ruhe lassen und dich nicht anzeigen. Mach keinen Blödsinn. Du wirst deines Lebens nicht mehr froh werden.« Matthias deutete dabei auf Andreas und antwortete: »Dazu ist es jetzt zu spät. Er ist selbst schuld. Er hätte dort bleiben sollen, wo er war, dann würde ihm jetzt nichts passieren und ich müsste jetzt nur dich umlegen, was mir bedeutend schwerer gefallen wäre. So kann ich mich nun wenigstens an dem Menschen rächen, dem ich es verdanke, jahrelang im Gefängnis gesessen zu haben.« Plötzlich fuhr Matthias herum, weil oben an der Treppe eine Stimme etwas auf Spanisch brüllte. Er verstand kein Wort, sah dort aber einen Polizisten stehen und ihm wurde klar, dass er die Hände hochnehmen und die Waffe fallen lassen sollte. Die Gedanken wirbelten in seinem Kopf herum. Wo kam der denn jetzt her? Vorhin vor der Tür war doch ein ganz anderer Mann gestanden. Matthias entschied sich kurzerhand, der Aufforderung des Beamten nicht nachzukommen und nahm die Hände nicht hoch. Er hatte den Finger am Abzug seiner Waffe und wollte gerade abdrücken, als ihn ein stechender Schmerz durchfuhr. Der Polizist hatte zuerst geschossen und ihn direkt ins Herz getroffen. Matthias fiel zu Boden und starb kurze Zeit später.

Schluchzend verbarg Margarete das Gesicht auf der Brust ihres Mannes, der das alles gar nicht mehr richtig mitbekam. Inzwischen war der Polizeibeamte, der noch vor wenigen Minuten an der Haustür geklingelt hatte, dazugekommen.

Sein Kollege hatte sich, während er an der Haustür mit Matthias Brecht gesprochen hatte, Eintritt über die Terrasse verschafft, weil sein Gefühl ihm gesagt hatte, das Gefahr in Verzug sei. Es war ein Glück, dass die Glastür dort nicht verschlossen gewesen war. Das hatte Margarete und Andreas das Leben gerettet.

Krankenhaus

Margarete saß bei ihrem Mann am Bett und hielt seine Hand. Sie strahlte über das ganze Gesicht, denn zum ersten Mal seit seiner Operation vor zwei Tagen war er richtig wach und schaute sie an. Bis zu diesem Zeitpunkt war er nicht ansprechbar gewesen. Die Ärzte hatten gleich nach seiner Einlieferung die Kugel entfernt, die Wunde gesäubert und genäht. Er hatte dann ein Antibiotikum bekommen. Zudem mussten sie ihm mehrere Blutkonserven verabreichen, da er sehr viel Blut verloren hatte. Die ganze Zeit war er in einem Dämmerzustand gewesen. Nun bemerkte er zum ersten Mal, dass er sich in einem spanischen Krankenhaus befand. »Hallo«, murmelte er schwach vor sich hin und versuchte ein Lächeln hinzubekommen. Das gelang ihm nicht so ganz. Es sah etwas verzerrt aus. Aber es war immerhin ein Fortschritt. Margarete beugte sich über ihn, küsste ihn auf die Wange und meinte: »Ich bin so froh, ich kann mein Glück kaum fassen. Niemals würde ich es mir verzeihen können, wenn du das alles nicht überlebt hättest, weil du schließlich nur durch meine Schuld in diese Situation geraten bist.«

Andreas, der inzwischen hellwach war, antwortete: »Glaub mir, dieser Wahnsinnige hätte sich etwas anderes einfallen lassen, wenn du ihm nicht auf den Leim gegangen wärst. Da bin ich mir ganz sicher. Er hatte mir ja zuvor einen Drohbrief geschrieben, dass er mein Leben zerstören wird.«

Beschämt senkte Margarete Ihre Augenlider. »Wenn du dich von der Operation erholt hast, wirst du nach Deutschland transportiert. Das haben die Ärzte mir vorhin mitgeteilt«, informierte sie ihren Mann. »So lange bleibe ich hier bei dir. Ich habe mir eine Unterkunft besorgt. Wenn du hier entlassen wirst und es sicher ist, wann du zurückfliegst, werde ich mir einen Flug buchen und so schnell wie möglich nachkommen. Was meinst du denn, wie es mit uns weitergeht?«

»Ich habe keine Ahnung. Lass uns erst mal nach Hause kommen, dann werden wir das alles sehen und können in Ruhe darüber sprechen. Im Moment möchte ich eigentlich nur schlafen.« Und schon fielen ihm wieder die Augen zu.

Polizeirevier

Das Polizeiteam hatte sich im Aufenthaltsraum versammelt. Die Stimmung war aufgelockert, hatten sie den Fall doch geklärt. Jeder gönnte sich einen Kaffee und Klaus hatte zur Feier des Tages Kuchen mitgebracht. Er hatte sich vollständig von seiner Gehirnerschütterung erholt. Tatsächlich war er am nächsten Tag beim Arzt gewesen. Glücklicherweise war alles gut ausgegangen. Aber es war ihm eine Lehre gewesen, in Zukunft vorsichtiger zu sein und nichts mehr im Alleingang zu unternehmen. Zufrieden schaute Peter Baumann sein Team an. Er war stolz auf jeden einzelnen und er nahm es auch Klaus nicht krumm, dass dieser nicht auf die Verstärkung gewartet hatte. Vielleicht hatte er damit das Leben von Isabel Jakobs gerettet, sonst wäre es eventuell zu spät gewesen. Nur um Lea machte er sich nach wie vor Sorgen, denn sie sah immer noch sehr blass aus und war ungewöhnlich still. Diese aber war überglücklich, sich mit ihrem Kollegen Klaus ausgesprochen zu haben. Nun herrschte ein lockerer Umgangston zwischen ihnen. Das kam dem ganzen Team zugute. Nun erhob sie sich, schaute ihren Chef und ihre Kollegen an und meinte: »Ich habe euch was zu sagen. Klaus weiß es schon.«

Erstaunt sahen alle Beteiligten sie an. Warum ausgerechnet Klaus und was hatte sie für ein Geheimnis, wunderten sie sich. Auch ihr Chef sah sie erwartungsvoll an. Lea druckste noch ein bisschen herum, bis sie schließlich weitersprach: »Das war jetzt nicht so ganz geplant. Ich bin ja jetzt auch noch nicht so lange bei euch, aber es ist nun mal passiert.« Sie machte eine Pause. Nun wurde Peter langsam ungeduldig.

»Um Himmels willen. Was ist denn passiert?«

»Ich bin schwanger«, sprudelte es jetzt aus ihr heraus.«

Überrascht und etwas entgeistert schauten die Kollegen und vor allem Peter die Kollegin an. Nachdem er sich gefasst hatte, meinte er: »Okay, da kann man nichts machen.«

Diese Aussage wiederum führte zum allgemeinen Gelächter.

Daraufhin erwiderte Peter: »Nun, ich kann nicht gerade sagen, dass ich darüber sehr glücklich bin, aber natürlich gönne ich dir, liebe Lea, alles Glück auf Erden. Und vielleicht kommst du auch nach der Geburt deines zweiten Kindes wieder zu uns zurück.«

»Das habe ich natürlich fest vor. Ich werde ganz sicher nicht daheim versauern«, antwortete sie und strahlte ihre Kollegen an.

Der Chef meldete sich wieder zu Wort: »So, es ist Wochenende und hier ist alle Arbeit getan. Deshalb schlage ich vor, gemeinsam essen zu gehen. Ich lade Euch ein. Wir müssen schließlich noch unseren Erfolg feiern.« Alle stimmten freudig zu und gemeinsam verließen sie das Revier.

Wieder zu Hause

Seit zwei Tagen waren Margarete und Andreas wieder zu Hause. Da Andi mit Krücken laufen musste und auf Hilfe angewiesen war, stellte sich die Frage, ob Margarete vorübergehend ausziehen solle, zunächst nicht. Es war klar, dass sie ihrem Mann helfen würde. Sie konnten, wenn es ihm wieder besser ginge, immer noch eine Entscheidung treffen. Nun saßen sie bei einem Kaffee zusammen am Esstisch. Ein unangenehmes Schweigen hing in der Luft, bis schließlich beide gleichzeitig anfingen zu sprechen.

»Du zuerst«, räusperte sich Andreas.

»Ja, also«, druckste seine Frau herum. »Ich merke doch, dass du dich nicht entspannen kannst und mich eigentlich nicht um dich haben willst.«

»Ich weiß auch nicht, ich denke schon, dass ich dich liebe, aber irgendwie muss ich das Ganze erst verarbeiten und zu mir selbst finden. Es ist so viel passiert in letzter Zeit. Ich denke, es ist vielleicht tatsächlich besser, wenn wir uns vorübergehend trennen.«

Margarete schluckte und antwortete unter Tränen, die sie einfach nicht zurückhalten konnte: »Dann bleibt mir wohl nichts anderes übrig, als zu gehen, so gerne ich auch bei dir bleiben würde. Aber, kommst du überhaupt alleine zurecht? Wie stellst du dir das denn vor? Du kannst doch ohne Krücken gar nicht laufen.«

»Das geht schon. Ich werde mir Essen bestellen und es ist alles geputzt. Außerdem kann ich mich gut mit den Gehstöcken fortbewegen.

Du brauchst dir also keine Gedanken machen.«

»Okay«, Margarete nickte traurig und erhob sich.

»Dann werde ich gleich meine Sachen packen und verschwinden.« Sie konnte es nicht verhindern, dass etwas Bitterkeit in ihren Worten mitschwang. Natürlich konnte sie Andi verstehen, es war schlimm, in was für eine Situation sie ihn und sich selbst gebracht hatte und in welche Gefahr er dadurch gekommen war. Aber schließlich war er zuerst fremdgegangen, dachte sie trotzig. Aber sie wusste auch, dass er niemals mit Angela durchgebrannt wäre und sie mit diesen Gedanken, was aus ihm geworden sein könnte, zurückgelassen hätte. So etwas hätte er ihr niemals angetan. Das Schlimmste war, dass sie sich das nie würde verzeihen können. Aber nun blieb ihr eben nichts anderes übrig, als zu gehen und zu hoffen, dass Andi ihr irgendwann vergeben und einen Neuanfang mit ihr wagen würde. Eine halbe Stunde später, sie hatte das Notwendigste gepackt, verabschiedete sie sich mit einem Kuss auf die Wange von ihm und hoffte bis zum Schluss, von ihm aufgehalten zu werden. Aber er fragte nur höflich, wo sie denn so kurzfristig wohnen könnte.

»Bei meiner Freundin Brigitte«, antwortete sie knapp.« Sie wusste, dass ihre beste Freundin aus Kindheitstagen immer für sie da sein würde. In letzter Zeit hatten sie allerdings wenig Kontakt gehabt. So konnte Margarete nicht wissen, ob ihre Freundin überhaupt daheim war. Da diese Single war, unternahm sie des Öfteren weite Reisen. Aber in diesem Falle würde sie einfach ein paar Tage in eine Pension oder ein Hotel gehen, bis sie etwas Geeignetes gefunden hätte. Unter diesen Umständen wollte sie keine Minute länger mit Andi unter einem Dach leben. Das würde sie nicht verkraften. Entschlossen machte sich Margarete auf den Weg zu Brigittes Wohnung, die sie gut zu Fuß erreichen konnte.

Isabel

Isabel saß im Esszimmer und beendete ihr Frühstück. Sie war tief in Gedanken versunken und entschloss sich, das Richtige zu tun. Sie würde heute ihren Sohn im Gefängnis besuchen. Er war inzwischen in Untersuchungshaft nach Bruchsal gebracht worden. Nachdem sie einen Besuchsantrag dafür gestellt hatte, war vor einigen Tagen die Genehmigung dazu gekommen. Damals, als Thorsten sie mit dem Messer bedroht hatte, war es nicht ihr Ernst gewesen, als sie gesagt hatte, dass sie für ihn da sein wolle. Zu groß war das Grauen, was er den anderen Frauen und jetzt auch noch dem Polizisten angetan hatte. Sie wollte nur Zeit gewinnen. Todesangst hatte sie nicht gehabt, da war nur Verzweiflung, ebenso Schuldgefühle und Resignation gewesen. Nachdem dann alles vorbei war, war ihr klargeworden, dass sie keine Schuld an der Situation traf. Schließlich war sie nicht die einzige Frau auf der Welt, die ihr Kind weggegeben hatte. Und die meisten adoptierten Kinder führten ein ganz normales Leben. Ganz ohne professionelle Hilfe würde sie es wahrscheinlich nicht schaffen, aus diesem Gedankenkarussell herauszukommen. Sie würde sich einen Therapeuten suchen müssen. Aber in einem Punkt war sich Isabel jetzt sicher, sie würde für ihren Sohn da sein und ihn regelmäßig besuchen. Das war das, was sie für ihn tun konnte. Und damit konnte sie heute schon beginnen. Außerdem musste in ihrem Leben noch einiges geändert werden. Die ehrenamtliche Tätigkeit im Krankenhaus gefiel ihr gut, aber es war nicht so ganz das, was sie sich erhofft hatte. Ihr war bewusst geworden, dass sie etwas mit Kindern machen wollte. Und da sie gehört hatte, dass der Kindergarten hier ganz in der Nähe ehrenamtliche Helfer suchte, würde sie sich dort bewerben, um einen Tag in der Woche die Kleinen zu betreuen. Zur Arbeit im Krankenhaus konnte sie weiterhin gehen, bis sie einen festen Halbtagsjob gefunden hatte. Schließlich musste sie auch Geld verdienen, da ihre Ersparnisse so ziemlich aufgebraucht waren. Zudem hatte Isabel vor, die Freundschaft mit ihrer Kollegin zu vertiefen. Und vielleicht sollte sie sich auch einen Hund anschaffen, damit sie nicht so einsam war. Seufzend, aber auch mit einer neuen Entschlossenheit, erhob sie sich, griff nach

ihrer Handtasche, verließ das Haus und holte ihr
Auto aus der Garage, um nach Bruchsal zu fahren.

ENDE

Epilog

Margarete wartete ungeduldig, bis die Haustür geöffnet wurde. Sie konnte es kaum erwarten. Seit einem halben Jahr war sie nicht mehr hier gewesen. Ihr Herz klopfte heftig. Endlich wurde die Tür aufgerissen und Andreas sah ihr strahlend entgegen. Ihre Blicke trafen sich und sie fielen sich wortlos in die Arme. Margarete schluchzte auf und auch Andi hatte alles zu tun, die Tränen zurückzuhalten. Lange hatte es gedauert, bis ihm klargeworden war, wie sehr er seine Frau liebte und, dass er ohne sie nicht leben konnte. Nachdem er ihr eine SMS geschrieben hatte, dass er keinen Tag länger mehr ohne sie sein könnte, hatte es keine zwanzig Minuten gedauert, bis sie hier, in ihrer gemeinsamen Wohnung, erschienen war. Inzwischen waren sie, sich immer noch festhaltend, in der Diele angekommen und Margarete flüsterte leise: »Ich habe dich so vermisst.«

»Ich dich auch. Lass uns nie wieder so einen Blödsinn machen.« Andi drückte seine Frau fest an sich.

»Niemals!«

...

Peter Baumann, Klaus, Kevin und Thomas trafen sich im Eingangsbereich des Krankenhauses. Auch die Sekretärin Maria hatte es sich nicht nehmen lassen, das Team zu begleiten. Als sie eingetroffen war, gingen sie zusammen in Richtung Entbindungsstation. Nachdem sie mit dem Aufzug in das entsprechende Stockwerk gefahren waren, ermahnte Peter seine Kollegen, etwas leiser zu sein, da diese aufgeregt durcheinandersprachen. »Hey, wir sind hier in einem Krankenhaus und nicht auf der Kirmes.«

Das wirkte, alle verstummten sofort. Vor dem richtigen Zimmer angekommen, klopfte er leise gegen die Tür und öffnete diese. Ein bezaubernder Anblick bot sich ihnen. Eine strahlende Kollegin saß, mit ihrem vor zwei Tagen auf die Welt gekommenen kleinen Tim auf dem Bett. Dicht bei ihr, an die beiden gekuschelt, lag Schwesterchen Clara und daneben saß ihr strahlender Lebensgefährte Alex.

»Das ist ja eine Überraschung«, rief sie ihren Kollegen freudig entgegen. »Kommt herein.«

Das ließen sie sich nicht zweimal sagen und eilten zu der kleinen Familie. Vor allem Maria schaute das Baby total verzaubert an und sagte, ihren Chef dabei anschauend: »Ist der nicht süß?«

»Doch, doch«, antwortete dieser zurückhaltend. Die Kollegen hatten alles zu tun, sich das Lachen zu verkneifen.

Dank:

Ich bedanke mich bei meinem Mann Peter, der diesen Krimi von Anfang an, wie auch alle meine anderen Bücher, mitgelesen hat. Vor allem auch für die Covergestaltung! Und natürlich dafür, dass er mir den Rücken freihält, dass ich überhaupt Zeit zum Schreiben habe. Mein ganz besonderer Dank gilt Dittmar Huniar, Claudia Mackiewicz und Susanne Barton für das Korrektorat und Lektorat! Dank auch an Axel und Carola Büchner, die mich ebenfalls immer bei meinen Krimis unterstützen! Und nicht zu vergessen, danke ich natürlich allen meinen Lesern!

Eine kleine Bitte zum Schluss

Ich hoffe, dass Ihnen dieses Buch gefallen hat.
Der schnellste Weg, andere Leser an ihren Erfahrungen mit diesem Krimi teilhaben zu lassen, ist eine Rezension im Online-Buch-Shop.
Ihr Feedback hilft anderen Lesern, Neues zu entdecken. Außerdem hat man als Autor durch Ihr ehrliches Leser-Feedback die Möglichkeit, sich weiterzuentwickeln.
Vielen Dank im Voraus, wenn Sie sich ein paar Minuten Zeit nehmen und eine Bewertung zum Buch veröffentlichen.

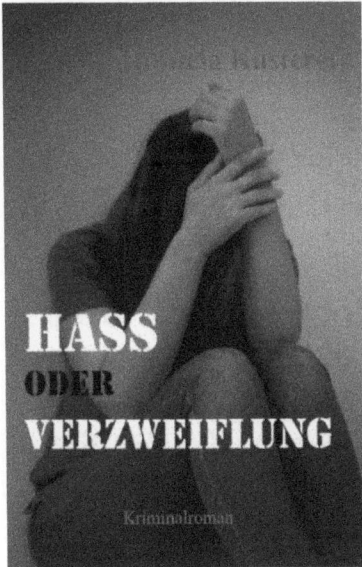

Manuela Kusterer

Hass oder Verzweiflung

Lea und ihr Team
Vierter Fall

Schwarzwaldkrimi

Seiten: 196
ISBN:9 783752877878

Ein Mann wird im Nordschwarzwald tot in seinem Auto aufgefunden. Dass es Mord war, steht schnell fest. Das Schömberger Polizeiteam wird informiert und nimmt die Ermittlungen auf. Da bleibt keine Zeit mehr, sich in Ruhe an die neue, hübsche Kollegin zu gewöhnen. Als kurze Zeit später eine Frau auf die gleiche Art und Weise ermordet aufgefunden wird, verbreitet sich die Angst, dass der Täter noch einmal zuschlagen könnte. Wird das Team weitere Morde verhindern können?

Leseprobe

Hass oder Verzweiflung

5. Oktober 2005

Julia saß in die Ecke gekauert auf dem zerfetzten, von Motten zerfressenem alten Sofa, das rechts in dem kalten Kellerraum stand. Sie hatte sich in eine Decke eingehüllt und zitterte vor Angst, aber ihr Plan stand fest. Ihre Hand umklammerte die Gabel, die sie vom Mittagessen zurückbehalten hatte. Zur Tarnung diente ein Sofakissen. Da hörte sie auch schon, wie die schwere Kellertür aufgeschlossen wurde und der fette Mistkerl, wie sie ihn nannte, hereintrat. So wie es aussah, hatte er ihr Abendessen in der Hand. »Ich hoffe, wir haben ordentlich Hunger«, sagte er nun. Julia antwortete wie immer nichts. Der Mistkerl setzte das Tablett neben ihrem Sofa auf einer umgedrehten Kiste ab, wandte sich an seine Gefangene, beugte sich nach vorne und meinte: »Na, hast du dir mal überlegt, ob du ein bisschen Spaß mit mir haben möchtest?«
Zu seinem Erstaunen antwortete sie: »Warum eigentlich nicht?«

Vollkommen verblüfft setzte er sich neben sie auf das Sofa und schaute die junge Frau lüstern an. Er konnte sein Glück kaum fassen. Julia beugte sich zu ihm, legte ihren linken Arm um seinen Hals und stach blitzschnell mit der anderen Hand, in der sie die Gabel hielt, in Richtung seines Gesichts.

Wo sie ihn getroffen hatte, wusste Julia nicht, aber er heulte auf wie ein verletztes Tier. Diese Gelegenheit nutzte sie, sprang mit einem Satz auf, rannte aus dem Kellerraum, knallte die Tür zu und drehte den Schlüssel im Schloss herum. Dann lief sie keuchend die Treppe nach oben und betete, dass die obere Tür nicht abgeschlossen war. Da sie einige Wochen da unten verbracht hatte - sie hatte aufgehört die Tage zu zählen -, fehlte es ihr an Kondition. Schließlich war sie oben angekommen, stellte erleichtert fest, dass sich die Tür öffnen ließ, riss sie auf, trat in die Diele und erstarrte. Da stand „die Frau" und starrte Julia mit weit aufgerissenen Augen an. Fieberhaft überlegte sie, was sie tun sollte, versuchen die Frau niederzuschlagen oder einfach davonrennen. Julia entschied sich für die Flucht, rannte zur Eingangstür, drückte den Türgriff nach unten und atmete auf, denn zum Glück war auch hier nicht abgeschlossen. Sie rannte um ihr Leben und drehte sich nicht mehr um, hatte aber auch nicht das Gefühl, verfolgt zu werden.

...

Gerlinde und Ralf Sommer saßen am Esstisch. Sie hatten gerade zu Abend gegessen, genaugenommen, sie hatten versucht etwas zu essen. Seit ihre Tochter vor vier Wochen verschwunden war, konnten sie kaum einen Bissen herunterbekommen. Schweigend saßen sie sich gegenüber, bis sie durch das Klingeln an der Haustür aus ihren Gedanken gerissen wurden. Fragend schauten sich die beiden an. Eigentlich erwarteten sie niemanden. Schließlich erhob sich Ralf und ging langsam zur Tür, öffnete sie und traute seinen Augen nicht. Da stand Julia, vollkommen durchnässt, weil es in Strömen regnete und sie durch ganz Schömberg gerannt war. Sie war ein Schatten ihrer selbst und nach der ersten Freude breitete sich das Entsetzen in Ralf aus, weil seine Tochter fix und fertig aussah. Er stieß einen Schrei aus, machte einen Schritt auf Julia zu, zog sie ins Haus, schloss sie in seine Arme und ließ den Tränen freien Lauf. Inzwischen war auch Gerlinde in der Diele angekommen, schlug ihre Hand vor den Mund und schaute fassungslos auf das Bild, das sich ihr bot. Das Ehepaar hatte die Hoffnung schon fast aufgegeben, ihre Tochter noch einmal lebend zu sehen. Die Polizeibeamten hatten gemeint, da Julia schon 18 Jahre alt sei, könne es auch sein, dass sie sich einfach mal eine Auszeit genommen habe und ob es Schwierigkeiten in ihrem Elternhaus gäbe. Es wurde nichts unternommen, um sie zu finden, da nichts auf ein Verbrechen hindeutete.

Nun stürzte Gerlinde auf ihren Mann und ihre Tochter zu und umarmte beide, ohne ein Wort zu sagen. So standen sie zu dritt eine ganze Weile da und hielten sich ganz fest. Nachdem sich alle etwas beruhigt hatten und im Wohnzimmer saßen, begann Julia schluchzend zu erzählen, dass sie in einem Keller eingesperrt gewesen war und wie es dazu kam. Nachdem sie genau erklärt hatte, um welches Haus es sich handelte, sprang ihr Vater auf und meinte: »Ich bringe diesen Kerl um.« Entsetzt mischte sich Gerlinde ein und meinte: »Um Himmels willen. Lass das! Ich rufe sofort die Polizei.«

Nun bettelte Julia hysterisch: »Nein, nein, auf keinen Fall, dann weiß es die ganze Welt. Ich möchte das nicht!«

»Lass uns das später in Ruhe überlegen. Jetzt bin ich erst einmal froh, dass Julia wieder hier ist«, mischte sich Ralf ein.

12 Jahre später

Hanna wandte ihrem Mann den Rücken zu und räumte das Geschirr vom Abendessen in die Spülmaschine. Harald saß noch an der Tischgruppe im angrenzenden Essbereich, erhob sich nun aber und sagte beim Hinausgehen: »Ich mache mich dann mal fertig fürs Klassentreffen.« Er stieg die Treppe nach oben, wo sich der Kleiderschrank im Schlafzimmer befand.

Hanna murmelte ohne sich umzudrehen nur ein „ja" vor sich hin und hätte Harald ihr Gesicht gesehen, wäre er nicht so locker und entspannt nach oben gegangen. Hanna wusste genau, dass ihr Mann nicht nach Karlsruhe zum Klassentreffen gehen würde, wie er es behauptet hatte, aber sie machte gute Miene zum bösen Spiel. Es war ihr inzwischen eigentlich auch gleichgültig, was ihr Mann so trieb. Damals war irgendetwas in ihr kaputtgegangen. Sie konnte noch nicht einmal sagen, dass sie ihn hasste, aber er war ihr schlichtweg gleichgültig. Ja, eine Zeit lang hatte sie ihn gehasst für das, was er getan hatte, aber sie konnte nicht die Kraft aufbringen, ihn zu verlassen. Damals liebte sie ihn auch noch oder besser gesagt, sie war ihm hörig gewesen.

Harald schlenderte gut gelaunt zu seinem Auto. Er konnte sein Glück kaum fassen. Natürlich war das mit dem Klassentreffen nur vorgeschoben, aber seine Frau würde nicht auf die Idee kommen, ihm nachzuspionieren. Dazu war sie viel zu einfältig. Er hatte nie damit gerechnet, dass Barbara sich mit ihm verabreden würde. Damals vor 20 Jahren, da war sie wirklich rattenscharf gewesen, hatte aber für ihn keinen einzigen Blick übriggehabt. Er musste sich damals für ihre Freundin Dagmar entscheiden, mit der er leichtes Spiel hatte. Letzte Woche hatte Harald, als er in Pforzheim unterwegs gewesen war, um in der Stadt einige Sachen zu besorgen, durch Zufall Barbara getroffen. Er war selbst erstaunt, wie sehr sie sich freute, ihn zu sehen und sie hatten sich sogleich für heute Abend verabredet. Barbara wohnte inzwischen in Büchenbronn. Er würde sie jetzt abholen und vielleicht würden sie ins Hotel gehen oder mal sehen, er würde es auf sich zukommen lassen.

An dem Haus angekommen, in dem seine Jugendfreundin - eigentlich war es ja eher die Freundin seiner Frau - eine Eigentumswohnung besaß, sprang Harald mit Elan aus dem Auto. Nicht immer war er so fit. Er wollte sich das natürlich nicht eingestehen, dass auch er älter wurde. Als er gerade klingeln wollte, riss Barbara schon die Tür auf und kam im strahlend entgegen. »Hallo Harald«, sagte sie und sah dabei wieder umwerfend aus, sexy angezogen mit einem kurzen Rock und einem engen Oberteil. Da die Jacke geöffnet war, hatte er einen tiefen Einblick in ihr Dekolleté. Sie umarmte ihn und gab ihm rechts und links ein Küsschen. Er drückte sie an sich, aber sie befreite sich sanft und meinte: »Was machen wir zwei Hübschen denn heute Abend?«

Harald antwortete: »Ich wüsste da schon was.«

Aber Babs, wie er sie schon immer nannte, erwiderte: »Lass uns doch einen romantischen Spaziergang in Oberlengenhardt im Mausbachtal machen, wo wir früher auch immer waren.

Lüstern schaute er sie an und sagte mit heiserer Stimme: »Das, finde ich, ist eine sehr gute Idee.«

Am Waldrand angekommen, überlegte sich Harald, weiter in den Wald hineinzufahren und fuhr über die kleine Mausbachbrücke, um dann sein Auto links zwischen den Bäumen abzustellen. Mit

glänzenden Augen drehte er sich zum Beifahrersitz, legte Barbara die rechte Hand an den Nacken,
um gleichzeitig mit der anderen Hand nach ihrer
Brust zu grapschen. Er konnte sich kaum beherrschen und bemerkte, dass sein Penis schon ganz
steif war.

»Halt, mein Lieber«, protestierte diese. »Ein biss-
chen romantischer bitte! Lass uns doch ein paar
Schritte laufen. Das kann doch hier im dunklen
Wald sehr aufregend sein.«

»Hast du denn überhaupt keine Angst vor dem
Mausbechpudel?«, gab Harald zu bedenken, der
auf etwas ganz anderes Lust hatte, als auf einen
romantischen Abendspaziergang.

»Haha, du glaubst doch nicht etwa an die Sage,
dass der Burgherr Erkinger, als er sich vom Turm
der Burg Liebenzell gestürzt hat, in die furchterre-
gende Gestalt eines Mausbechpudels verwandelt
wurde und hier sein Unwesen treibt? Bist du etwa
abergläubisch?«

»Naja, er wurde öfters gesehen. Sein Fell war ra-
benschwarz, sein Schweif peitschte durch die Luft
und die feurigen Augen waren so groß wie Wa-
genräder.«

Barbaras Gesicht nahm nun doch einen ängstli-
chen, unsicheren Ausdruck an. Sie schluckte und
meinte: »Papperlapapp, außerdem heißt es, dass

er nur zwischen Mitternacht und 1 Uhr morgens umhergeht.« Entschlossen stieg sie aus dem Auto und Harald folgte ihr widerwillig

Es war stockdunkel. Man konnte die Hand vor den Augen nicht sehen, deshalb erwiderte ihr Begleiter missmutig: »Man sieht doch überhaupt nichts. Wie willst du denn da spazieren gehen?«

»Nun, ich habe an alles gedacht.« Barbara holte eine Taschenlampe aus ihrer Handtasche.

»Also gut«, erklärte Harald sich schließlich einverstanden. Er hätte sich jetzt auch mit Gewalt holen können, was er wollte, aber schließlich ging es ja in diesem Falle auch anders und außerdem mochte er Barbara. Also stiegen sie aus dem Auto und gingen eng umschlungen, den Waldweg mit der Taschenlampe beleuchtend, kichernd weiter in den Wald hinein.

...

Freitag

Das Polizeiteam saß vollständig versammelt im Besprechungszimmer des Schömberger Polizeireviers. Die Stimmung war etwas bedrückt, da Lea - die Kriminalinspektionsleiterin gewesen war - ihre

Stelle nach der Babypause nicht mehr angetreten und Katja Augenstein ebenfalls das Revier gewechselt hatte. Es war also eine vollkommen neue Situation entstanden. Als Ersatz für Katja war Luisa Rau zu dem Team gestoßen. Da diese etwas unnahbar wirkte, hatten Alex und selbst Rudi - der normalerweise ziemlich offen war - einige Probleme, mit ihr warm zu werden. Aber was konnte man schon nach nur 14 Tagen erwarten.

Die Kollegin war bildhübsch, mit ihren glatten, halblangen dunklen Haaren, ihrem ebenmäßigen schmalen Gesicht und einer top Figur. Normalerweise genau der Typ Frau, auf den Alex, wenn er nicht glücklich mit Lea liiert gewesen wäre, voll abgefahren wäre. Er fühlte sich sehr unbehaglich, weil er Luisa überhaupt nicht einschätzen konnte und auch an nichts anderem Interesse hatte, als an einer guten Zusammenarbeit. Es irritierte Alex, wie sie ihn immer anschaute. Er wurde nicht schlau aus ihr und schätzte sie außerdem als ein bisschen oberflächlich ein. Das lag aber vielleicht daran, dass er bisher hübschen Frauen nicht allzu viel zugetraut hatte. Dieses Vorurteil hatte sich erst in letzter Zeit geändert, nachdem er nach einigen Anfangsschwierigkeiten mit Lea als Vorgesetzte, nun sogar mit ihr zusammenlebte, ein Kind bekommen hatte und sehr glücklich war. Außerdem hatte Alex sich in letzter Zeit sehr zum Positiven verändert.

Auch Rudolf Engel war mit seiner jetzigen Situation sehr zufrieden. Seine Freundin Katja Augenstein - die zuvor auch Teil des Teams gewesen war - hatte sich in die Kriminalprävention versetzen lassen, weil sie für die Mordkommission zu zart besaitet war. Er war über diese Entscheidung sehr glücklich, konnte er sich doch so besser auf die Arbeit konzentrieren. Außerdem hatten sie sich nun abends immer viel zu erzählen. Rudi liebte seine Katja über alles. Es hatte eine ganze Weile gedauert, bis es endlich auch bei ihr gefunkt hatte. Seitdem fühlte er sich wie der glücklichste Mensch auf Erden. Nur deshalb war er auf die Idee gekommen, sich auf die Stelle des Inspektionsleiters für dieses Revier zu bewerben, denn nun musste er an die Zukunft denken. Schließlich wollten Katja und er auch Kinder haben.

Dadurch gab es allerdings einige Risse in der bisher sehr guten, freundschaftlichen Beziehung zwischen ihm und seinem Kollegen Alex.

Für diesen war sonnenklar gewesen, dass er, nachdem er schon damals den Posten haben wollte und ihm seine Lebensgefährtin Lea Sonntag von Kriminaldirektor Karl-Heinz Rauschmayer vor die Nase gesetzt worden war, spätestens jetzt diese Stelle bekommen würde.

Lea hatte sich nach Pforzheim versetzen lassen, um bei einer 50%- Stelle mehr Zeit für ihre gemeinsame einjährige Tochter zu haben. Alex hatte damit gerechnet, diese leitende Position zu bekommen. Es war für ihn wie ein Schlag ins Gesicht gewesen, als Herr Rauschmayer sich für seinen Kollegen Rudi entschieden hatte.

Deshalb war nun das bis dahin freundschaftliche Verhältnis der beiden Kollegen etwas angeschlagen.

Luisa äußerte sich nun: »Viel zu tun haben wir hier in diesem Kurort aber nicht. Kaum zu glauben, dass es letztes Jahr drei Ermordete gegeben hat. Seit ich hier bin, langweile ich mich nur.« Provozierend schaute sie dabei Alex an, wusste sie doch, wie sehr ihn ihre Worte ärgerten. Es hatte den Anschein, dass er sich persönlich betroffen fühlte.

In diesem Moment klingelte das Telefon. Rudi nahm das Gespräch entgegen und schaute irritiert seine Kollegen an. Er war normalerweise nicht so schnell aus der Ruhe zu bringen, aber nun schaute er doch etwas fassungslos drein und meinte: »Das darf doch nicht wahr sein. Wir kommen sofort!« Nachdem Rudi aufgelegt hatte, meinte er an seine

Kollegen gewandt: »Wir müssen sofort nach Oberlengenhardt zum Mausbachtal. Dort wurde ein Mann tot in seinem Auto aufgefunden.«

Ungläubig schaute Alex Rudi an und Luisa blieb regelrecht der Mund offenstehen. Nachdem die beiden begriffen hatten, dass ihr Kollege keine Witze machte, griffen sie nach ihren Jacken und wollten davonstürmen, als Rudi sagte: »Halt! Ich werde Luisa begleiten und du Alex bleibst bitte hier.«

Wütend schaute dieser seinen Chef an, sagte aber nichts und setzte sich missmutig wieder hin.

Während des Hinausgehens informierten sie Saskia. Die Sekretärin saß an ihrem Arbeitsplatz, gleich vorne neben der Eingangstür im Empfangsbereich.

...

Als Rudi und Luisa am Tatort ankamen, hatte die Schutzpolizei schon alles mit Trassierbändern abgesperrt. Alex war im Revier geblieben. Rudi, der näher an das geparkte Fahrzeug herangetreten war, sah sich nun die Leiche genauer an. Der tote Mann, so um die 60, saß vollkommen gerade auf der Fahrerseite und wäre sein Hals nicht durch einen Kabelbinder zusammengeschnürt gewesen, hätte man nicht bemerkt, dass er tot ist.

Zeitgleich mit der Spurensicherung - die sie informiert hatten - erschien auch der Gerichtsmediziner Dr. Hans-Peter Balbach. »Der muss wohl geflogen sein«, stellte Rudi kopfschüttelnd fest, da Balbach in Karlsruhe wohnte und dort auch in der Gerichtsmedizin tätig war. Hans-Peter war brummig wie immer. Bei Rudi riss er sich noch zusammen, wäre jedoch Alex da gewesen, wäre es viel schlimmer, denn auf diesen war er sowieso nicht besonders gut zu sprechen, weil er selbst mit dessen Lebensgefährtin Lea ein paar Wochen zusammen gewesen war und ihr immer noch nachtrauerte. Da er nun nicht mehr auf ein Treffen mit Lea am Tatort hoffen konnte, weil diese sich nach Pforzheim hatte versetzen lassen, hatte er eigentlich nicht vorgehabt zu kommen, aber seine Kollegen waren alle beschäftigt. So musste Hans-Peter nun in den sauren Apfel beißen. Missmutig stiefelte er an Rudi vorbei und murmelte: »Bitte zurücktreten, damit ich meine Arbeit machen kann.« Rudi war wie immer die Ruhe selbst und schüttelte nur den Kopf, aber Luisa empörte sich: »Hat der nen Knall? Was bildet der sich eigentlich ein?«

Ihr Chef erwiderte achselzuckend: »Da musst du dich dran gewöhnen, der ist immer so.« Nach ungefähr zehn Minuten näherten sich die beiden erneut dem Toten in der Hoffnung, nun von dem Gerichtsmediziner etwas zu erfahren. Die Spusi war inzwischen auf der Suche nach Spuren und fanden auch einige Fußspuren. Autoreifen waren allerdings außer dem Fahrzeug des Toten, keine zu finden.

Luisa fragte schnippisch: »Ist es jetzt genehm, können wir nun vielleicht etwas erfahren?« Hans-Peter hob den Kopf und schaute sie mit finsterer Miene an, als plötzlich eine Wandlung in ihm vorzugehen schien. Sein Gesichtsausdruck erhellte sich. Staunend schaute er Luisa zum ersten Mal richtig an und meinte: »Ja, wer sind denn Sie?«

»Luisa Rau«, antwortete diese kurz angebunden. »Und mit wem habe ich das Vergnügen?« Hans-Peter, der in der Hocke neben dem Auto kniete, erhob sich, streifte seine Handschuhe ab, reichte Luisa die Hand und sagte: »Ich bin Hans-Peter Balbach, der Gerichtsmediziner. Freut mich, Sie kennenzulernen.«

Rudi kam aus dem Staunen nicht mehr heraus, so etwas hatte er noch gar nie bei Balbach erlebt. Zuckersüß und überfreundlich berichtete der Gerichtsmediziner nun: »Also, der Tote wurde, so

wie es aussieht, von hinten mit einem Kabelbinder stranguliert. Fest steht, dass der Mann durch
Ersticken - das sieht man an den Einblutungen in
den Augen - zu Tode gekommen ist. Der Todes-
zeitpunkt ist wahrscheinlich zwischen 22 Uhr gestern Abend und ungefähr 2 Uhr heute Morgen
eingetreten. Genaueres erfahren Sie dann nach
der Obduktion.«

»Es weist nichts darauf hin, dass er sich gewehrt
hat«, meinte Rudi nachdenklich. »Das ist seltsam.
Da müsste sich ja hinter seinem Sitz schon jemand
versteckt haben, bevor er hier geparkt hat. Das
wiederum ist mehr als verwunderlich. Was wollte
er denn überhaupt um diese Uhrzeit hier? Da war
es doch schon stockdunkel«, sprach Rudi mehr zu
sich selbst.

Hans-Peter, der seinen Blick kaum von Luisa ab-
wenden konnte, drehte sich nun zu ihm und
meinte wieder in seinem gewohnt brummigen
Tonfall: »Das herauszufinden ist nun wirklich
nicht meine Aufgabe, sondern Ihre.

Nachdenklich schaute der Angesprochene seine
Kollegin an und meinte: »Lass uns verschwinden.«
Wenn Luisa auch etwas sonderbar war, so hatten
sie sich doch auf das Du geeinigt, weil es bei ihnen
auf dem Revier so üblich war. Als das Team im

vorletzten Jahr, nach der Aufklärung eines schwierigen Falles, gefeiert hatte, war das so beschlossen worden.

Die beiden gingen zu Rudis Opel und er meinte immer noch total perplex: »Na, du hast ja mächtigen Eindruck auf unseren Gerichtsmediziner gemacht. Alle Achtung, das hat vor dir noch niemand hinbekommen. Außer Lea natürlich. Sie war kurze Zeit mit ihm zusammen, aber nur ein paar Wochen«, fügte Rudi erklärend hinzu.

»Quatsch«, murmelte Luisa vor sich hin. »Er ist nicht gerade der sympathischste Mensch«, stellte sie noch fest.

Rudi bemerkte belustigt, dass sich eine leichte Röte über ihr Gesicht gelegt hatte.

Die beiden stiegen in das Auto und fuhren zum Revier zurück, um die weitere Vorgehensweise zusammen mit Alex zu besprechen.......

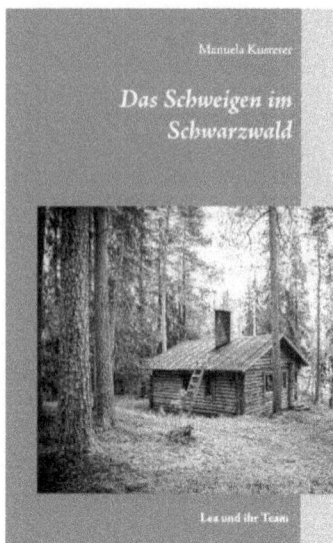

Manuela Kusterer

Das Schweigen im Schwarzwald

Lea und ihr Team
Erster Fall

Schwarzwaldkrimi

Seiten: 192
ISBN: 9 783741280597

Hauptkommissarin Lea Sonntag und ihr Team ermitteln in einem Mordfall. Ausgerechnet in dem idyllischen Kurort Schömberg an der Pforte zum Schwarzwald wird eine Leiche gefunden. Lea, die geplant hat mit ihrem Freund in den Urlaub zu fliegen, muss sich entscheiden. Wird sie ihren Urlaub abbrechen und ihre Kollegen Alex, Rudi und Katja unterstützen? Da ihre Beziehung auf wackeligen Beinen steht, fällt ihr diese Entscheidung schwer. Als dann aber auch noch eine Frau spurlos verschwindet, gibt es nicht mehr viel zu überlegen. Vielleicht zählt jede Stunde, um das Leben der Vermissten zu retten. Das Polizeiteam stößt an seine Grenzen. Hängen diese beiden Fälle überhaupt zusammen? Außerdem machen die kleinen Meinungsverschiedenheiten mit ihrem Kollegen Alex Lea das Leben nicht gerade leichter.

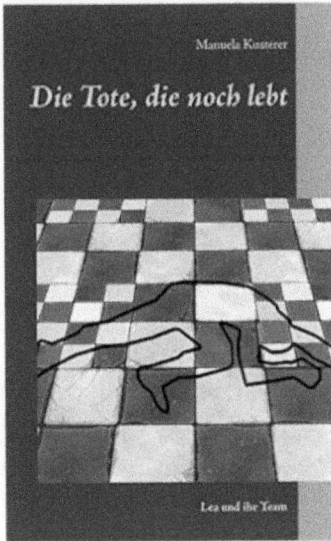

Manuela Kusterer

Die Tote, die noch lebt

Lea und ihr Team
Zweiter Fall

Schwarzwaldkrimi

Seiten: 186
ISBN: 9783743196360

Eine Leiche wird in Schwarzenberg, einem Ortsteil von Schömberg an der Pforte zum Schwarzwald, gefunden. In Remchingen versteht eine Frau die Welt nicht mehr und in Karlsruhe stirbt eine wichtige Zeugin, bevor man sie befragen kann. Hauptkommissarin Lea Sonntag weiß mal wieder nicht, wo ihr der Kopf steht. Zudem hat sie im Moment genug private Probleme und ihr Kollege Alex macht mal wieder zusätzlichen Stress. Außerdem erweist sich die Aufklärung des Falles schwieriger als es zunächst den Anschein hatte. Ob das Polizeiteam es schaffen wird, die Fäden zu entwirren?

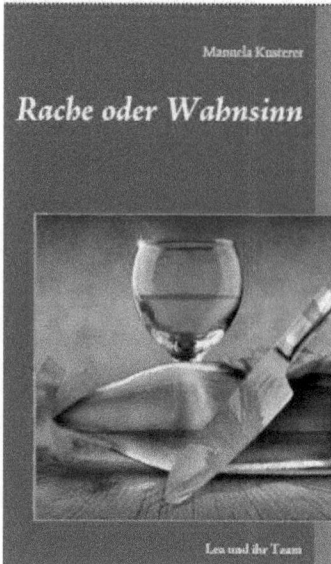

Manuela Kusterer

Rache oder Wahnsinn

Lea und ihr Team
Dritter Fall

Schwarzwaldkrimi

Seiten: 164
ISBN: 9 783744867719

Ein neuer Fall nimmt das Schömberger Polizeiteam voll und ganz in Anspruch. Zwei Personen werden ermordet aufgefunden. Ist es Zufall, dass beide dem gleichen Freundeskreis angehören? Gehört der Mörder vielleicht auch dazu? Hauptkommissarin Lea Sonntag ist überfordert. Dazu kommt, dass sie sich seit einigen Tagen krank und antriebslos fühlt. Außerdem bringt sie sich durch einen unachtsamen Moment in große Gefahr. Werden ihre Kollegen sie rechtzeitig finden?

Lightning Source UK Ltd.
Milton Keynes UK
UKHW011956021221
394974UK00004B/508

9 783735 721549